FUSION FANTASTIC STORY

인기영 장편소설

호감받고 … 레!

11

호감 받고 성공 더!

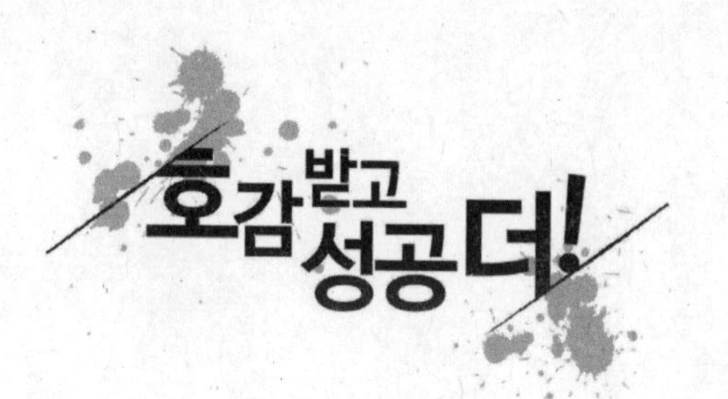
호감 받고 성공 더!

호감 받고 성공 더! 11

인기영 장편소설

초판 1쇄 찍은 날 § 2018년 1월 10일
초판 1쇄 펴낸 날 § 2018년 1월 17일

지은이 § 인기영
펴낸이 § 서경석

편집책임 § 김경민
편집 § 이종식

펴낸곳 § 도서출판 청어람
등록번호 § 제387-1999-000006호
등록일자 § 1999. 5. 31
어람번호 § 제1-2826호

주소 § 경기도 부천시 부일로 483번길 40 서경B/D 3F (우) 14640
전화 § 032-656-4452 팩스 § 032-656-4453
http://www.chungeoram.com
E-mail § chungeorambook@daum.net

ISBN 979-11-04-91602-1 04810
ISBN 979-11-04-91303-7 (세트)

Contents

Liking 96

나를 싫어하는 사람들II

김두찬은 자신의 눈을 믿을 수 없었다.

김두찬의 웹툰 '나를 싫어하는 사람들'이 도전장 실시간 인기 순위 1위에 랭크되어 있었다.

"진짜 1위라고?"

김두찬이 나직이 뇌까렸다.

웹툰이라는 장르에 처음 도전하는 데다가 그는 자신의 이름 대신 닉네임을 사용했다.

이를 위해 네이브 아이디도 새로 만들었다.

그가 사용한 닉네임은 '두두뉴비'였다.

큰 뜻은 없고 김두찬의 가운데 글자 '두'를 두 번 적은 뒤, 초보자라는 의미의 뉴비(Newbie)를 갖다 붙인 것이다.

웹툰에 처음 도전하는 자신의 상황이 그대로 녹아들어 있는 닉네임이었다.

하지만 그 닉네임만 보고서 두두뉴비가 김두찬임을 의심할 사람은 아무도 없었다.

게다가 김두찬의 대외적 이미지는 소설가다.

그가 웹툰에 도전할 것이라고는 누구도 생각지 못했다.

"1위를 쉽게 할 수 있는 건가?"

김두찬은 도전장의 1위에 큰 의미를 두었다.

물론 아무나 도전장에서 1위를 할 수는 없었다.

하지만 1위의 커트라인이 그렇게 높은 것도 아니었다.

일단 도전장은 마이너리그였다.

해서 독자들의 관심도가 크지 않았다.

몰리는 독자의 수는 현저히 적은데 반해 하루에 올라오는 작품의 수는 상당했다.

그렇다 보니 한 작품에 많은 평가가 몰리는 경우가 없었다.

때문에 다른 작품들보다 조금만 더 많은 평가를 받아도 순위권에 진입할 수가 있었다.

보통은 그림체가 좋거나 귀여운 작품들이 눈에 띄기에 실시간 순위에 오르기가 쉬웠다.

김두찬의 경우는 전자였다.

그의 압도적인 그림체는 일단 사람들의 이목을 끌었다.

그런데 1화를 접하게 되면 그림체보다 스토리에 빨려 들고 말았다.

그로 인해 김두찬의 웹툰을 읽은 이들은 대부분 만점을 줬다.

그림체가 좋아서 봤는데 스토리가 진짜였다는 평들이 많았다.

웹툰의 호감도를 표시하는 '하트'는 벌써 300이 넘어갔다.

300명 이상이 이 웹툰을 '찜'했다는 얘기다.

아울러 평가 점수는 9.9점이었다.

평가를 해준 이들은 500이 넘어갔다.

김두찬은 그것을 보고서 머리를 긁적였다.

'의외로 치열하지가 않은 곳이구나. 하트랑 평점 매긴 사람들 수가 상당히 적네.'

김두찬의 생각은 반만 맞았다.

도전장의 무대가 피 튀기도록 치열하지는 않았으나 그의 작품에 평점을 매기고 찜을 한 사람들의 수는 같은 날 새로 시작한 다른 작품에 비해 월등히 많았다.

보통 저 정도의 독자들이 모이려면 못해도 5화 정도는 연재를 하면서 꾸준히 인기를 끌어야 했다.

그런데 김두찬은 그것을 단 한 편으로 해냈다.

김두찬은 웹툰에 달린 댓글들을 읽었다.

전부 호평 일색이었다.

거기에 기분이 좋아졌다.

김두찬은 환상서에 처음으로 연재를 했던 날이 떠올랐다.

그때 느꼈던 감정이 지금 고스란히 마음에 담겼다.

신인이 되어 새로 시작한다는 건 언제나 긴장되는 일이었다.

아무튼 스타트가 좋았다.

김두찬이 인터넷 창을 닫고 다시 웹툰 작업에 집중했다.

*　　*　　*

네이브 웹툰 관리부의 신인개발팀장 마상지는 올해 서른하나인 여자다.

그녀는 뛰어난 업무 수행 능력과 되겠다 싶은 웹툰을 기막히게 파악하고 물어오는 영업 능력을 인정받아 빠르게 승진했다.

한데 요즘에는 그녀의 활약이 뜸했다.

이렇다 할 신인이 나타나지 않아 고만고만한 작품만을 물어오기 바빴던 것이다.

그러던 와중 오래간만에 정신이 번쩍 들었다.

"이거 봐라?"

그는 '나를 싫어하는 사람들'이란 제목의 웹툰을 보고 있었다.

처음에는 그림체만 죽이는 작품인 줄 알았다.

그림체가 멋진 거? 좋다. 나쁘지 않다. 하지만 그뿐이다.

요즘의 추세는 그림체보다는 스토리다.

아무리 그림을 잘 그려도 이야기가 재미없으면 독자들에게 외면당한다.

그런데 이 웹툰은 그림보다 스토리가 더 좋았다.

처음 몇 컷을 읽으면 눈을 떼지 못한다.

엄청난 흡인력으로 정신을 옭아매어 버린다.

자신도 모르게 웹툰에 푹 빠져 마우스 휠을 돌리다 보면 어느새 마지막 컷까지 읽어버린 자신을 발견하게 된다.

"이건… 아무리 봐도 신인의 스토리텔링이 아닌데? 게다가 컷 하나하나의 구성력이 장난 아니야."

스토리도 스토리지만 모든 컷의 연출이 가히 수준급이었다.

"마지막 컷 작화는… 말도 안 나온다, 진짜."

김두찬의 웹툰은 전체적으로 질이 높았지만 마지막 컷의 작화는 미쳤다고 할 만큼 어마어마한 수준이었다.

웹툰에서는 도저히 볼 수 없는 하이 퀄리티의 그림이었다.

이건 웹툰의 한 컷이라고 하기에 무리가 있었다.

차라리 작품이라고 하는 게 맞았다.

"스토리, 작화, 연출, 흡입력, 재미. 뭐 하나 빠지는 게 없는데… 정말 신인이라고?"

마상지는 두두뉴비라는 사람이 누구인지 궁금했다.

그녀의 짐작에는 기성작가가 정체를 숨기고서 도전장에 그림을 올린 것 같았다.

만약 자신의 예상이 빗나갔다면 그건.

"괴물 신인의 탄생이겠지."

이 바닥에서 기성작가들을 우습게 눌러 버리는 괴물 신인들이 등장한 건 자주 있어 왔던 일이다.

다만 요즘에 그런 괴물 신인들이 뜸했던 것뿐이었다.

"한 편만 더 볼까?"

마상지는 당장에라도 두두뉴비에게 계약 메일을 보내고 싶은 것을 겨우겨우 참았다.

신인들의 경우 시작은 좋았으나 갈수록 용두사미가 되어 결국 고자 작품으로 끝이 나는 경우가 많았기 때문이다.

그것은 장편 만화를 그려본 적이 있느냐 없느냐의 차이였다.

즉, 경험치가 문제로 작용하는 것이다.

그래도 마상지는 2화 정도만 보면 이 작가가 조루인지 아닌지 분별할 수가 있었다.

그녀는 얼른 2화가 업로드되기를 기다리며 두두뉴비의 웹툰을 찜했다.

그런 마상지의 주변으로 두 명의 남자 사원이 다가왔다.

"팀장님, 뭐 좋은 거 발견하셨어요?"

"어? 오늘은 머리 감으셨네?"

"응. 좋은 거 발견했고, 머리는 회사에서 감았다. 내가 감는다고 너희들도 화장실에서 세면하면 죽는다."

마상지의 퉁명스러운 반응에도 남자 사원들은 그저 좋다고 히죽댔다.

"또 밤새셨구나? 제가 커피라도 한 잔 사드릴까요?"

"어깨 뭉치셨어요, 팀장님! 마사지해 드릴게요."

곁에서 추근대는 두 남자를 마상지가 차갑게 노려보며 한마디 했다.

"한가한가 봐? 오늘 밤에 전자파 맞으면서 잠들게 해줘?"

"그럼 일하러 가보겠습니다!"

"고생하십쇼!"

남자 사원들은 언제 능글거렸냐는 듯 군기가 바짝 들어 후다닥 도망쳤다.

마상지가 고개를 절레절레 저었다.

하여튼 간에 조금이라도 틈만 보이면 저런 식으로 날파리들이 꼬였다.

어쩔 수 없었다.

마상지 본인은 인정하지 않았지만 이게 다 그녀가 가지고 태어난 미모 때문이었다.

백옥 같은 피부에 그림으로 예쁘게 그린 듯한 이목구비는 뭇 남자들의 시선을 끌게 충분했다.

게다가 몸매까지 완벽했다.

잘록한 허리에 유난히 큰 가슴과 탄력 있게 성이 난 엉덩이, 쫙 빠진 다리까지 가졌으니 세상 부러울 게 없는 여인이었다.

그러니 그녀의 불같은 성격에 몇 번이나 당하면서도 남자들이 용기를 가지고 다가가는 것이다.

하지만 마상지는 그런 그들의 접근이 소에게 달라붙은 파리 떼처럼 귀찮기 그지없었다.

그녀의 관심은 오로지 웹툰이 전부였다.

* * *

웹툰 첫 화를 업로드한 다음 날인 11월 29일 수요일.

이날은 대학 강의로 오전부터 오후 6시까지 꽉꽉 차 있었다.

모든 강의를 듣고 난 김두찬은 작업실로 향했다.

웹툰 작업을 하는 데 목적이 있는 게 아니었다. 작업실 식구들에게 중대 발표를 할 것이 있었다.

김두찬이 작업실에 들러서 채소다와 주화란을 이끌고 밖으로 나왔다.

두 사람 모두 마침 저녁을 먹지 않았던 상황인지라 소갈비집으로 그들을 데리고 갔다.

김두찬은 고기를 먹기 전 그녀들에게 물었다.

"다들 신작 준비는 어떻게 되어가고 있어요? 제가 알기로 이제 슬슬 연재할 만큼 분량이 쌓인 것 같은데."

채소다가 번쩍 손을 들었다.

"2권까지 세이브했지롱."

"저는 1권 반 정도예요."

"화란 작가님은 이번 소설 몇 권 완결 생각하고 계세요?"

"3권이요. 상, 중, 하로 자를 거예요."

"좋네요. 오늘 두 분한테 꼭 알려 드려야 할 일이 있어서 이렇게 밖으로 나오자고 한 겁니다."

그 말에 채소다가 신이 나서 흥얼거렸다.

"흐흥~ 매일 꼭 알려줘야 할 일이 있었으면 좋겠다. 고기 먹게."

"그게 무슨 일인데?"

채소다와 달리 제정신인 주화란이 살짝 긴장하며 말했다.

김두찬은 빙긋 웃으면서 대답했다.

“창작유희의 사이트가 이번 주 금요일 정식으로 오픈하게 됐어요.”

“우와!”

“정말?”

“네. 이제부터 두 분은 거기에다 글을 올리시면 돼요.”

김두찬은 오늘 아침 학교로 향하는 밴 안에서 웹마스터의 전화를 받았다.

창작유희 홈페이지의 마지막 테스트를 끝냈다는 것이다.

일전에 완성된 버전을 김두찬 사단이 이리저리 이용해 보다가 몇 가지 버그를 잡아냈고, 그것을 완벽하게 고쳤다.

그에 김두찬은 학교에서 만난 장재덕에게 홈페이지를 관리할 인원은 구축해 두었냐고 물었다.

장재덕은 언제든 뛰어들 준비만 하고 있다며 엄지를 척 세웠다.

덕분에 완벽하게 준비가 끝났으니 이제 글을 연재할 일만 남았다.

“두 분은 금요일 날 아무 때나 원하는 시간에 연재를 시작해 주세요. 게시판은 만들어뒀어요.”

“오케이! 두근두근 신난다!”

"설레고 긴장돼서 가슴이 좀 떨리네요."

"아, 근데 두찬이 너는 후속작으로 쓴 거 없잖아?"

"저는 그냥 단편 소설 스무 개 정도 연재할 생각이에요."

"써둔 거 있었어?"

"지금부터 써야죠. 단편은 하루에 두세 개도 뽑아낼 수 있으니까 문제없어요."

사실 김두찬이 지금 그리고 있는 웹툰을 올려도 상관없었다.

하지만 창작유희의 시작은 글로 하고 싶었다.

그래서 김두찬 단편집이라는 이름으로 단편 장르 소설들을 20편 정도 집필해 올릴 예정이었다.

이야기의 능력이 있으니 재미있는 소재로 스토리를 만드는 건 일도 아니었다.

"정말 미쳤다니까. 부럽다, 두찬아~"

"자, 그럼 우리 창작유희의 오픈을 기념하며 건배할까요?"

주화란이 건배를 제의했다.

김두찬과 채소다가 고개를 끄덕이고서 잔을 들어 올렸다.

"건배~!"

세 개의 잔이 맑은 소리를 내며 부딪쳤다.

*　　　*　　　*

"으으, 너무 늦었다."

김두리가 종종 걸음으로 걷고 있었다.

오늘은 김두리의 반 친구들 중 두 명의 생일이 겹치는 날이었다.

그래서 친구들과 신나게 놀다가 시간 가는 줄을 몰랐다.

모처럼 큰맘 먹고 패밀리 레스토랑에서 생일파티를 한 뒤, 카페에 갔다가 쇼핑을 하고는 마지막 코스로 노래방을 갔다.

신나게 노래를 부르고 나서 정신을 차려보니 10시가 넘어가는 시간이었다.

노래방 주인이 들어와 아직 12월이 지나지 않았으니 미성년자들은 그만 나가야 한다고 못을 박았다.

김두리도 더 늦게까지 놀 생각은 없었다.

다른 친구들은 아쉬운 모양이지만 김두리는 밤늦게 혼자 돌아다니는 걸 좋아하지 않았다.

의외로 겁이 많았기 때문이다.

친구들과 헤어지고 난 뒤 버스를 타고 집 근처 정류장에 도착했다.

이제 5분 정도만 걸어가면 집이 나올 텐데 그 짧은 거리가 오늘따라 유난히 길게 느껴졌다.

게다가 상당히 으스스했다.

김두리는 양손으로 어깨를 감싸고서 주변을 둘러보며 걸음을 빨리했다.

그런 김두리를 멀리서 기척 없이 따라가는 사람이 있는 줄은 꿈에도 모른 채.

김두찬을 싫어하는 사람들이 움직이기 시작했다.

Liking 97
초전 박살
86/

문화예술계 블랙리스트를 작성한 자들은 스스로를 성골(聖骨)이라 불렀다.

성골이란 신라 시대의 골품제도 중 최고의 신분층을 뜻한다.

성골은 왕이 될 수 있는 신분이기도 했다.

즉 이 집단은 자신들이 한국에서 제일가는 귀족이며, 언제든 왕의 자리를 노릴 수 있다고 생각하는 것이었다.

그럴 만도 했다.

성골의 구성원들은 하나같이 그 입지가 상당한 사람들뿐이었으니.

성골의 일원 중에서도 가장 큰 힘을 갖고 있는 이는 이종찬이었다.

한국에서 열 손가락 안에 드는 기업 정호 그룹의 사장인 그는 실로 무서운 권세를 누리는 중이었다.

돈만 있으면 다 되는 나라라는 걸 증명이라도 하듯 이종찬은 원하는 모든 것을 손에 넣었고 하고 싶은 것들을 전부 해냈다.

그럼에도 기존에 한국을 쥐락펴락하고 있는 재벌 그룹의 벽이 워낙 높아 재벌가 한 손가락 안에는 들지 못했으나, 열 손가락 안에 든다는 건 커다란 벼슬이었다.

그다음으로 실세라 할 수 있는 이는 정계에 있었다.

현재 여당인 새천당의 대표 김의현이었다.

그는 젊은 시절 정치에 발을 들여 30년이 넘게 그 바닥에서 굴렀다.

머리가 일찍부터 트여서 남들이 10년 걸려 배울 걸 2, 3년 만에 익혔다.

각종 권모술수부터 사람을 다루는 기술과 정치인으로서 갖춰야 할 자세까지 스펀지처럼 빠르게 빨아들였다.

그 덕분에 서른 초반부터 제법 영향력 있는 정치인이 되었다.

서른 후반부터는 젊은 나이임에도 자신의 당에서 중책을 맡았다.

불혹(不惑)에 들어서는 어느 당을 가든 대표직에 앉았다.

그런고로 지천명(知天命)을 넘긴 지금은 한 손 안에 꼽는 정치인 중 한 명이 되었다.

아울러 가장 많은 비리를 저지르고서도 언제나 솜방망이 처벌만 받은 정치인으로도 유명했다.

다음으로 힘이 있는 건 대검찰청 차장 도무영이었다.

도무영은 김의현의 뒤를 봐주면서 권력을 잡게 된 인물이다.

김의현이 아무리 많은 죄를 저질러도 쉽게 넘어갈 수 있었던 데엔 도무영의 역할이 가장 컸다.

그 셋이 이 성골의 주력 인물이었다.

그들의 밑으로는 연예계 어르신이라 불리는 고박표, 화류계의 여왕 조미완 마담, 영화계 대부 여광남 감독, 애니메이션 원로 장남길, 문학계 거목 문지심이 있었다.

그렇게 총 8명의 인원이 성골이란 집단을 만들어 문화예술계 블랙리스트를 관리하고 있었다.

물론 그들의 머리가 8이라고 해서 각각 1인분만 하는 건 아니었다.

다들 자신이 몸담고 있는 분야에서는 방귀 좀 뀌는 이들이다.

그들의 말 한마디면 적게는 수십, 많게는 수백의 인원이 한 번에 움직인다.

때문에 블랙리스트에 이름이 실리는 이들은 무조건 인생이 끝났다고 봐야했다.

하지만 그런 악행도 이제 끝이었다.

김두찬의 활약으로 블랙리스트는 세상에 드러났다.

거기다가 덜컥 겁이 난 장남길은 스스로의 죗값을 줄이기 위해 모든 것을 자백했다.

그의 입에서 정호 그룹의 사장 이종찬을 비롯해, 성골의 모든 멤버들 이름이 줄줄 흘러나왔다.

이미 블랙리스트 파일에 그들의 사인이 담겨 있던 터라 장남길의 증언엔 더더욱 힘이 실렸다.

사건이 터지고 나흘이 지났다.

제 발로 검찰에 걸어 들어간 장남길과 끌려간 문지심을 제외한 나머지 사람들은 뚝심 있게 버티려 했다.

그러나 그 결심은 불과 이틀 만에 끝났다.

무슨 생각이 들었는지 여광남 감독과 고박표 노배우가 검찰에 출두한 것이다.

조미완 마담은 이종찬 사장과 김의현 새천당 대표, 그리고 도무영 차장 검사만 믿고서 이 상황이 빨리 마무리되기를 기다렸다.

하지만 그 세 사람은 사건이 터진 이후부터 조미완과 연락이 두절됐다.

그제야 조미완은 자신의 믿음이 부질없다는 걸 알았다.

그들은 셋을 제외한 모든 이들을 끊어내려는 것이었다.

이를 미리 파악한 여광남과 고박표가 장남길처럼 죗값을 줄이기 위해 버티기를 포기한 것이다.

사실 조미완도 사건 다음 날 세 사람과 연락이 닿지 않을 때부터 뭔가 잘못되었다는 걸 느꼈다.

그러나 인정하기 싫었을 뿐이다.

이 상황에서 그들만이 조미완의 유일한 동아줄이었으니까.

결국 조미완도 검찰로 출두했고 이제 남은 사람은 이종찬, 김의현, 도무영 셋뿐이었다.

절대적인 권력을 가졌다고 해도 과언이 아닌 그들 셋은 언제나 그랬던 것처럼 이번에도 빠져나갈 수 있을 거라 생각했다.

하나 그건 착각이었다.

일이 꼬이고 있었다.

그 시작은 도무영 차장 검사부터였다.

검찰들이 그의 말을 듣지 않고 제멋대로 날뛰었다.

그의 한마디면 죽는 시늉까지 하던 것들이었는데 도무지

통제가 되지 않았다.

도무영보다 더 높은 의자에 앉은 이가 대통령의 편에 선 것이다.

검사장 혹은 검찰총장이 대통령과 한배를 타고 있었다.

'얼마 전부터 검찰총장의 낌새가 영 이상하더라니…….'

아무래도 대통령의 손을 잡은 건 검찰총장 같았다.

그런 짐작이 들자 도무영은 심각해졌다.

검찰총장은 결코 혼자서 움직일 인물이 아니다.

그가 움직였다는 건 그와 공생 관계에 있는 거물들도 함께 움직였다는 얘기다.

그리고 검찰총장이 누구와 함께하는지는 알 만한 사람들은 다 알고 있었다.

한국 제일가는 기업의 회장과 정치판을 제 뜻대로 움직이는 거물급 정치인들.

그들이 검찰총장과 손을 잡고 있었다.

하지만 이해가 되지 않는 것이 그들은 대통령과 척을 진 사이였다.

그런데 어째서 지금은 대통령의 편에 선 것인지 알 수가 없었다.

본래 정치판이라는 것이 영원한 적도, 동지도 없는 곳이긴 했다.

대통령은 분명히 그들에게 달콤한 사탕을 건넸거나 칼을 목에 들이댔을 것이다.

한데 현 대통령의 성정으로 보아 절대 사탕을 건넬 사람은 아니었다.

'무언가 약점을 틀어쥐었다.'

그것이 도무영의 짐작이었다.

대통령은 그들의 약점을 잡았고, 그것으로 협박을 해 자신의 말을 따르도록 만든 것이었다.

그게 무언지는 도무영이 알 수 없는 일이었다.

결국 도무영은 아무런 힘도 쓰지 못한 채 검찰에 강제 소환당했다.

그가 들어가 버리자 더 이상 김의현과 이종찬을 봐줄 이들이 없었다.

김의현은 종적을 감춰 버렸고 이종찬은 울며 겨자 먹기로 검찰에 출두를 했다.

이제부터는 최대한 모르쇠로 일관하는 것밖에 방법이 없었다.

한편 숨어버린 김의현 의원은 이 모든 일의 원흉인 김두찬에게 분노가 솟구쳐 올랐다.

어차피 막장에 와버린 상황.

혼자서만 지옥으로 떨어지기는 싫었다.

김의현은 그가 거느리던 주먹패 현상태에게 연락을 취했다.
그리고 거액의 금액을 부르며 김두찬과 그의 가족들을 담그라고 명했다.
현상태는 망설임 없이 이를 수락했다.
지금의 시국을 보면 몸을 사리는 게 정상이었다.
하지만 현상태는 겁이 없었다.
그는 큰 조직의 우두머리는 아니었다.
서른 명의 식구를 데리고 있는 작은 조직의 대가리였다.
딱히 조직의 이름도 없었다.
그래서 주변에서는 그들을 상태파라고 불렀다.
상태파는 조직의 덩치에 비해 전투력이 제법이었다.
조직원 한 명 한 명이 대단한 주먹꾼이었기 때문이다.
하지만 워낙 머릿수가 달리다 보니 도시에서 힘을 쓰기는 힘들었는데, 이를 김의현이 거두었다.
이후부터 상태파는 김의현의 개가 되어 그가 시키는 일은 무엇이든 해나갔다.
물론 그들이 의리로 움직이는 건 아니었다.
상태파를 움직이는 원동력은 김의현의 돈이었다.
그들은 김의현이 시키는 일은 실수 없이 흔적을 남기지 않고 해냈다.
이번에도 다를 건 없다고 여겼다.

김두찬을 잡으면 좋겠지만 그게 안 된다면 가족 중 누구 하나라도 병신을 만들거나 죽이라는 것이 김의현의 명령이었다.

김두찬의 가족은 전부 네 명.

그중 한 명만 잡아버리면 끝나는 일이다.

김두찬의 가족이 당장 경찰의 보호를 받고 있는 것도 아니니 어려운 일이 아니었다.

현상태는 당장 식구들을 움직였다.

그리고 본인은 김두찬의 동태를 살폈다.

그러던 와중 가장 먼저 기회를 잡은 것이 상태파의 2인자라 감우진이었다.

11월 29일, 수요일 밤.

키가 작고 다부진 체격의 감우진은 홀로 귀가하는 김두리를 몰래 미행하고 있었다.

검은 모자를 푹 눌러쓰고 검은 옷을 입어 어둠에 잘 노출되지 않았다.

김두리는 주변을 두리번거리며 걸으면서도 감우진의 존재를 전혀 알지 못했다.

김두리가 도로변을 지나 골목으로 꺾어 들어갔다.

거기서부터 집까지는 서른 걸음 정도였다.

하지만 그 서른 걸음이 지금의 김두리에게는 너무나 많았다.

이미 김두찬의 집이 어디인지, 주변의 길이 어찌 되어 있는지 조사를 마친 감우진은 바로 그 골목을 습격 장소로 정해놓은 터였다.

지나가는 사람은 없었다.

가로등 불빛이 거리를 어스름히 비추고 있었지만 CCTV는 보이지 않았다.

감우진이 걸음을 빨리했다.

그가 골목을 꺾어 들어가 김두리의 뒤에 바짝 다가갔다.

놀랍게도 그때까지 그는 인기척을 완전히 죽였다.

감우진의 한 손엔 품에서 꺼낸 짧은 회칼이 들려 있었다.

그가 손에 힘을 주고 김두리를 찌르려는 순간!

"응?"

이상함을 느낀 김두리가 뒤돌아봤다.

그런데.

쿠당!

김두리가 방금 꺾어 들어온 골목 입구 어귀에서 뭔지 모를 시끄러운 소리가 들렸다.

"꺄악!"

소스라치게 놀란 김두리가 걸음아 나 살려라 뜀박질을 했다.

"엄마! 아빠!"

아직 집에 오지도 않은 부모님의 이름을 목청껏 부르며 김두리가 집 안으로 부리나케 들어갔다.

그러자 어둠 속에서 숨어 있던 상태파 식구 세 놈이 담을 넘으려 했다.

그때였다.

어디서 나타났는지 건장한 남자 일곱이 달려들어 그들을 일격으로 때려잡았다.

기절한 상태파 세 명을 일곱 명의 남자들이 들쳐 업고서 다시 어둠 속으로 사라졌다.

*　　*　　*

감우진과 상태파 식구 세 명이 정신을 차렸을 때, 그들은 야산에 얼굴만 내놓은 채로 파묻혀 있었다.

"으윽……."

감우진은 뒤통수가 지끈거려 신음을 흘렸다.

그는 분명 골목 입구에서 김두리를 노리고 있었다.

그런데 뒤통수에서 둔탁한 충격이 느껴지더니 정신을 잃었다.

누군가 그의 머리를 치고 골목 밖으로 끌어낸 것이다.

다시 정신을 차렸을 때는 지금 이 모양 이 꼴이었다.

"일어났냐."

어딘가에서 묵직한 음성이 들려왔다.

감우진이 고개를 이리저리 돌려 주변을 살폈다.

그러자 멀지 않은 곳에서 여덟 명의 사내가 다가와 그들 주변을 포위하듯 섰다.

이윽고 한 명이 감우진의 앞에 쪼그려 앉았다.

"너 뭐야, 새끼야."

감우진이 으르렁거리며 물었다.

"이 새끼가 상황 파악 못 하고."

쪼그려 앉은 사내가 감우진에게 따귀를 날렸다.

짝!

"큭!"

손바닥으로 한 대 맞았을 뿐인데 볼이 갈기갈기 찢어지는 것 같았다.

힘이 어마어마한 인간이었다.

감우진이 고통에 침묵하니 사내의 입이 다시 열렸다.

"나 잠실 정지호 형님 모시는 이형석이라고 한다."

이형석이 정지호를 언급하자 감우진의 눈이 휘둥그레졌다.

"정지호 패거리가 왜……?"

"너희 일을 방해하냐고? 니들이 노리는 김두찬 작가님이 우리 형님 은인이거든."

"…뭐?"

"상대를 잘못 골랐다. 너희들, 이 땅에서 사라질 각오 해라. 얘들아, 묻어!"

"네!"

이형석의 명령에 조직원들이 일제히 삽을 놀렸다.

"으악! 자, 잠깐만!"

"사, 살려주세요!"

이형석이 소리치는 네 녀석의 입에 재갈을 물렸다.

"소리쳐 봤자 어차피 도우러 올 사람 아무도 없으니까 조용히 가라."

"으읍! 으으읍!"

재갈을 물린 네 사람의 머리 위에 흙더미가 쏟아졌다.

* * *

"나 무서워서 못 살겠어!"

김두찬과 그의 부모님은 집 앞에서 우연히 만나 함께 집으로 들어왔다.

그런데 귀가하자마자 김두리가 자기 방에서 달려나와 방정을 떨었다.

눈이 퉁퉁 부어 있고 눈가가 촉촉한 것이 펑펑 운 모양이었다.

"두리야, 뭔 일이야!"

"우리 딸내미, 다 커서 왜 질질 짰대?"

김승진은 호들갑을 떨며 김두리를 품에 안았다.

심현미는 피식 웃으면서 김두리를 얼렀다.

그러자 김두리가 서럽게 엉엉 울면서 말했다.

"몰라아~! 집에 들어오는데 누가 따라오는 것 같았어!"

"누가 따라와? 어떤 인간이야!"

"뒤돌아봤는데 아무도 없었고 골목 입구에서 쿵! 소리만 났어어! 흐아앙!"

김두리는 좀 전의 상황을 떠올리자 무섭고 서러워 더 크게 울었다.

"아니, 대체 어떤 자식이야!"

김승진은 성질이 나서 소리를 버럭 질렀다.

"그러고 보니 여기 골목에는 CCTV도 없지. 전부터 그게 좀 신경 쓰였는데 민원 넣어야겠네."

심현미도 조금 걱정스러운 얼굴이긴 했지만 김승진처럼 흥분하지는 않았다.

그저 담담히 해결책을 말할 뿐이었다.

한편 김두찬은 안 좋은 가능성을 떠올리고서는 얼굴이 굳어졌다.

'설마.'

정지호가 조심하라 일렀던 블랙리스트 관계자들 중 누군가가 움직인 것일 수도 있었다.

정지호는 성골 중 누군가가 주먹패를 움직여 김두찬은 물론 그 가족들을 노릴 수도 있다고 충고했었다.

김두찬은 블랙리스트 파일이 세상에 알려진 뒤 하루도 빼놓지 않고 뉴스와 각종 기사들을 살폈다.

문지심은 문화예술 블랙리스트 관계자들의 명단과 집단의 이름이 성골이라는 것을 밝혔다.

이후 검찰은 성골을 잡아들이기 위해 강력하게 대처했다.

그 결과 김의현을 제외한 모든 이들이 검찰의 문턱을 넘었다.

때문에 정지호의 주의가 사실로 벌어진 것이라면 이 일을 벌인 자는 김의현 의원일 가능성이 높았다.

'아직 속단하기는 일러.'

그렇다고 마음을 놓을 수도 없었다.

그때 스마트폰이 울렸다.

정지호에게서 온 전화였다.

"저 들어갈게요."

김두찬은 요란해진 가족들을 내버려 두고 자기 방으로 들어와서 전화를 받았다.

"여보세요."

—김 작가님. 별일 없으신가?

"네. 별다른 일 없었어요. 저한테는."

—가족들은?

"부모님도 괜찮으신데 두리가 조금 신경 쓰이는 얘기를 하더군요."

—그럴 겁니다. 김의현이 애들을 움직였어요. 김 작가님 여동생 잡으려고 넷이나 붙였더라고.

그 말을 듣는 순간 김두찬의 눈에 불똥이 튀었다.

이빨이 빠드득 갈리는 소리가 스마트폰을 타고 정지호의 귀에 닿았다.

—김 작가님, 괜찮아요?

"그놈들… 지금 어디 있습니까?"

—일 터지기 전에 작가님 가족들한테 붙여놓은 내 동생들이 알아서 처리했어요.

"처리했다는 건……?"

—죽인 건 아니고. 내가 품었수.

"품다니요?"

—내 사람으로 만들었다고. 그런 놈들은 다른 데 두면 또 무슨 짓을 벌일지 모릅니다. 차라리 내가 품고 교화시키는 게 낫지.

"사람이 그리 쉽게 바뀌는 게 아니잖아요."

—지금 내 밑에서 충성을 다하고 있는 놈들이 다 그보다 더 했던 인간들입니다. 이쪽 방면으로는 내가 전문가니까 염려 마요. 물론 감히 김 작가님 가족 건드리려 했던 벌은 제대로 치렀고.

산에서 거의 암매장당할 뻔한 감우진 패거리 4인은 그 이후로 동이 틀 때까지 말로 다 설명하지 못할 만큼 어마어마한 고문을 받았다.

혼이 나갈 만큼 괴롭힘을 당하다가 끝내는 차라리 죽여달라는 말이 튀어나왔다.

하지만 정지호의 동생들은 단호하게 거절했다.

그들을 절대 죽이지 않고 끊임없이 괴롭혔다.

어마어마한 육체적 정신적 고통에 기절해 버리면 바로 깨워서 다시 기절할 때까지 고통을 줬다.

감우진 패거리의 눈엔 이제 그들이 악마로 보일 정도였다.

하나같이 그들과 눈도 마주치지 못하고서 몸을 파르르 떨었다.

그 정도까지 왔으면 비로소 교화의 첫 단계에 들어선 것이다.

정지호의 동생들은 감우진 패거리를 꺼내주고 그만 돌아가라고 했다.

만약 거기서 돌아가면 그놈은 다시 한번 정신 교육을 당했을텐데, 다행히 아무도 도망가지 않았다.

정신이 완벽하게 제압당했기 때문이다.

감우진 패거리는 정지호의 동생들에게 얌전히 끌려와 인근의 펜션에서 감시를 받으며 지내고 있었다.

김두찬은 이런 정황을 몰랐지만 정지호가 그렇다면 그런 것이기에 그저 믿기로 했다.

"고마워요, 지호 씨. 덕분에 큰 화를 면했네요."

김두찬은 진심으로 그에게 고마웠다.

자신의 가족을 지켜줬으니 그보다 고마울 수는 없었다.

만약 김두리가 잘못되기라도 했더라면…….

김두찬이 눈을 질끈 감고서 고개를 절레절레 저었다.

그런 상상은 하기도 싫었다.

—안심하긴 일러요. 다른 놈들이 작가님이랑 가족들을 또 노리고 달려들 겁니다.

"제가 지키고 있을 겁니다."

—글만 쓰던 양반이 무슨 힘이 있다고. 우리 애들 서른 명이 작가님 가족 일거수일투족을 살피는 중입니다. 눈에는 안 보이겠지만. 작가님 가족분들 불편하게 만들면 가만 안 두겠다고 엄포를 놓았거든.

그 말에 김두찬이 창문을 열고 밖을 내다봤다.

밤이 어두운지라 바깥 광경이 제대로 보이지 않아 초월 시각은 아무런 도움이 되지 않았다.

이에 김두찬이 초월 청각을 활성화했다.

그러자 소리의 영역이 확장됐다.

1층에서 김두리와 부모님이 떠드는 소리가 들렸다.

창문 너머 마당에 벌레 기어가는 소리와 담 넘어 여러 사람의 숨소리가 들렸다.

그들은 찬바람을 맞으며 숨을 고르다 중간중간 나직한 목소리로 농담을 주고받았다.

정말로 정지호가 집 주변에 자신의 사람들을 풀어놓은 것이다.

"이 날씨에 밤새 밖에 서 있으면 힘들 텐데요."

—근처에 숙소 잡아놓고 두 시간씩 교대하라고 했으니까 걱정 마시고, 몸이나 잘 사려요. 작가님 신변에 문제 생기면 내가 면목이 없으니까.

"알았어요. 제 걱정은 마세요."

—아, 그리고 누가 해코지하려는 건지는 알아야 하지 않겠습니까? 김 작가님 가족 노리는 녀석들 김의현 의원 밑에서 흙탕물에 발 담그던 놈들이었어요.

역시!

김두찬의 생각이 맞았다.

—상태파라고 불리는 조직인데 조직원은 서른 명 정도고 우두머리는 현상태라는 놈이오. 현상태 그놈이 치기도 잘 치고 깡도 좋고 김의현 의원이 시키는 일은 물불 가리지 않고서 하기로 유명합니다.

"그렇군요."

—지금 열다섯 잡아들였고 반 정도 남았는데, 이놈들이 낌새를 채고서 잠적했습니다.

김두리를 노리는 넷 외에도 열한 명을 정지호의 동생들이 잡아왔다.

그러자 상태파의 조직원들이 몸을 사리기 시작했다.

—하지만 절대 그냥 물러설 놈들이 아니에요. 주변에서 맴돌다가 기회가 왔다 싶으면 이빨 드러내고 달려들 테니 조심하세요.

"음… 지호 씨. 부탁이 있어요."

—뭡니까?

"저한테는 사람 붙이지 말아주세요."

—그건 조금 들어주기 힘든 부탁인데요.

정지호에게는 김두찬의 부탁이 자살하겠다는 소리로 들릴 정도였다.

그만큼 사태는 가볍게 볼 수 없을 정도로 심각했다.

그러나 김두찬은 겁도 없는 말을 계속 뱉었다.

"내가 미끼가 될게요."

—김 작가님, 미끼가 뭔지 제대로 알고 말씀하시는 겁니까? 물고기 잡을 때 사용하는 미끼가 어떻게 됩디까? 물고기한테 먹힙니다. 물고기는 잡아도 미끼는 바늘에 꿰어 다치고 물고기한테 먹혀 죽어요. 그냥 가만히 계세요.

도저히 말로는 정지호를 설득할 수 없었다.

김두찬은 결국 그를 직접 만나기로 했다.

"지호 씨, 내일 시간 괜찮나요?"

—만나자고요?

"네."

김두찬이 만나서 자신을 설득하려 한다는 걸 정지호는 눈치챘다.

차라리 잘됐다 싶었다.

만나서 설득당하는 게 아니라 되레 김두찬을 설득해 버리거나 사태가 잠잠해질 때까지 어디 가둬두는 게 더 좋을 것 같았다.

—좋습니다. 내가 작가님 댁으로 가도록 할게요.

"알겠어요. 낮 중에는 가족들 다 나가고 저 혼자 있을 테니 집으로 오세요."

—내일 보도록 해요.

통화를 끝내고 난 김두찬은 오른 주먹을 강하게 쥐었다.

울끈불끈하며 힘이 용솟음쳤다.

이 손으로 돌멩이를 가루로 만들고 강철도 구부렸다.

게다가 박투는 A랭크였으니 당장 UFC에 나간다고 해도 모든 선수들을 씹어 먹을 수 있을 정도였다.

뿐인가?

고양이 몸놀림에 동체 시력까지 좋아졌으니 무적이라 해도 좋을 정도였다.

그러나 정지호는 그런 김두찬에 대해 전혀 알지 못했다.

때문에 제대로 보여줄 필요가 있었다.

* * *

그날 자정 무렵.

나를 싫어하는 사람들 2화가 업로드됐다.

언제나처럼 회사에서 떠나지 못하고 야근을 하던 네이브 웹툰 신인개발팀장 마상지가 부리나케 2화를 클릭했다.

그녀의 눈이 빠르게 2화의 내용을 읽어 내려갔다.

드르륵. 드르륵.

마우스의 휠이 부드럽게 움직이며 경이로운 한 컷 한 컷을 마상지의 눈에 안겨줬다.

마상지는 그동안의 짬 덕분에 보통 1분이면 웹툰 한 편을

다 봤다.

그런데 두두뉴비의 작품은 70컷을 소화하는 데 무려 15분이나 걸렸다.

그만큼 모든 컷들이 대충 지나칠 수 없을 정도로 완벽했다.

영화를 보는 듯한 연출과 시작부터 끝까지 손에 땀을 쥐게 하는 묘한 긴장감이 캐릭터부터 배경, 작은 대사 하나까지 놓치지 못하게 만들었다.

"후아. 미치겠다, 진짜."

2화를 다 읽고 난 마상지가 의자 등받이에 쓰러지듯 등을 파묻었다.

"이건 대형 신인 정도가 아니야. 완전히 미쳤어. 무조건 잡아야 돼."

마상지가 2화에 달린 댓글들을 살폈다.

—작가 미쳤습니다.

—이분 기성인가? 퀄리티 오지네. 0_0;;

—이건 거의 탈웹툰 수준이다, 레알.

작품이 업로드된 지 채 5분이 지나지 않았는데 댓글이 백 개가 넘어가고 있었다.

이건 거의 정규 연재 작품과 다름없는 인기였다.

게다가 평점을 남긴 이들의 수는 하룻밤 새 3천이 넘었고 찜을 한 하트의 개수도 1천을 돌파했다.

마상지가 마우스 휠을 돌려 웹툰의 후반부를 다시 훑었다.

그러다 62번째 컷에서 손을 멈췄다.

그 컷은 다른 컷들보다 유난히 퀄리티가 높았다.

'1화에서만 공들인 거라고 생각했었는데.'

2화에도 1화에서 그랬던 것처럼 더욱 공을 들인 컷이 있었다.

'매번 이렇게 작업할 생각인가?'

이미 독자들은 두두뉴비의 작품에 한 번씩 들어가는 고퀄리티 컷을 '킬링 컷'이라고 부르고 있었다.

짧지만 강렬한 인상을 주는 부분을 뜻하는 킬링 파트에서 따온 말이었다.

마상지는 더 이상 고민하지 않았다.

타타타타탁!

그의 손이 김두찬에게 보낼 계약 제의 메일을 두드리고 있었다.

* * *

김두리의 걱정과 김승진의 분노로 가득 찼던 밤이 지나갔다.

아침 일찍부터 부모님은 식당으로 향했다.

어젯밤까지만 해도 무서워서 부들거리던 김두리는 언제 그랬냐는 듯 친구들을 만나러 학교로 향했다.

김두찬은 집에서 혼자 남아 웹툰 작업을 하며 정지호가 오기를 기다렸다.

정지호는 정오가 되기 전, 김두찬의 집을 방문했다.

"일찍 오셨네요."

김두찬이 거실에서 그를 맞이하며 커피 한 잔을 타줬다.

하지만 정지호는 커피를 그다지 좋아하지 않았다. 그렇다고 성의로 내어준 걸 안 먹을 수는 없어서 그 뜨거운 걸 그냥 원샷했다.

이를 본 김두찬이 정말 눈을 동그랗게 떴다.

"커피를 상당히 좋아하시나 보네요."

"네?"

그리고 정지호의 손에는 새로운 커피 한 잔이 더 들리게 됐다.

'우라질.'

정지호가 속으로 씨근덕거리면서 맞은편 소파에 앉는 김두찬을 바라봤다.

그런데 김두찬의 손에 들린 잔에는 검은색 액체가 아닌 노란색 액체가 담겨 있었다.

"오렌지 주스?"

"네."

"왜 커피 안 드시고?"

"별로 안 좋아해요."

'이런, 우라질!'

뭔가 만나는 순간부터 일이 꼬이는 기분이었다.

정지호가 괜히 김두찬에게 틱틱댔다.

"그래서 무슨 말이 하고 싶은 거요?"

김두찬이 그런 정지호를 바라보며 씩 웃더니 물었다.

"지호 씨, 지호 씨가 그렇게 싸움을 잘해요?"

"뭐라고요?"

"옥상으로 따라오세요."

순간 정지호의 머릿속에 알 만한 사람은 다 아는 영화의 한 장면이 스쳐 지나갔다.

*　　　*　　　*

"……."

정지호는 처연한 얼굴로 말을 잃었다.

'뭐지?'

믿을 수가 없었다.

그는 지금 김두찬을 따라 올라간 옥상에서 바닥에 엉덩방아를 찧은 자세로 무너져 있었다.

슥—

김두찬이 그의 코앞에 손을 내밀었다.

정지호가 그 손을 잡고 몸을 일으켰다.

"이제 믿으시겠어요?"

김두찬은 말갛게 웃으며 물었다.

정지호가 지금 할 수 있는 건 고개를 끄덕이는 일밖에 없었다.

'아무리 그래도……'

머리로는 받아들이겠지만 가슴이 이 상황을 밀어내고 있었다.

김두찬은 옥상으로 그를 데리고 올라오자마자 스파링하듯 한번 붙어보자고 제안했다.

정지호는 그런 그를 말렸다.

괜히 객기 부리다가 심한 부상을 입을 수도 있었기 때문이다.

하지만 김두찬은 막무가내였다.

이런 억지를 부릴 사람이 아닌데, 갑자기 무작정 밀어붙이니 뭔가 좀 이상했다.

결국 정지호는 어쩔 수 없이 김두찬의 제안을 받아들였다.

미끼를 자처할 만큼 주먹에 자신이 있다는 건데, 그게 얼마나 허황된 생각인지 한번 느끼게 해줄 필요가 있었다.

'최대한 몸 상하지 않게 제압해 드릴게.'

정지호가 그렇게 마음먹고 자세를 취했다.

김두찬은 이렇다 할 자세 없이 정지호에게 다가섰다.

정지호는 그런 김두찬의 복부에 주먹 한 방을 박아 넣고 다리를 걸어 넘어뜨릴 셈이었다.

하지만 선공은 김두찬에게 양보하기로 했다.

"들어오세요."

정지호의 말이 신호탄이 되었다.

천천히 다가오던 김두찬의 몸이 갑자기 탄환처럼 빠르게 튀어나갔다.

"……?!"

순간 여유롭던 정지호가 저도 모르게 긴장했다.

그의 시선이 김두찬의 몸을 쫓고 그의 근육을 살폈다.

그것은 타고난 싸움꾼의 본능적인 행동이었다.

하나 김두찬은 그런 정지호의 대처를 무의미하게 만들었다.

슈웅!

뒤로 한 발짝 물러선 정지호의 귓가에 매서운 바람이 스쳐 지나갔다.

피잇!

주먹이 귓불을 스치며 살갗이 살짝 찢어져 피가 맺혔다.

'뭐야?'

정지호는 주먹이 지나가고 난 뒤에야 고개를 옆으로 꺾었다.

한 발짝 늦은 대응이었다.

김두찬이 제대로 안면을 강타하려 했으면 이미 그는 나가떨어졌을 것이다.

정지호가 김두찬을 봐준 것이 아니라, 그 반대였다.

놀라서 눈을 희번덕거리고 있는 정지호를 보며 김두찬이 씩 웃었다.

그 순간.

슈웅!

"윽!"

또 한 번 반대쪽 주먹이 날아들었다.

그리고 정지호의 반응은 처음과 똑같이 한 박자 느렸다.

두 번씩이나 제대로 된 대처를 하지 못하자 그는 일시적인 공황 상태에 빠졌다.

그때 김두찬이 어깨로 정지호의 가슴을 살짝 들이받았다.

퍽.

털썩.

정지호는 넋 나간 얼굴로 바닥에 허물어졌다.

단 몇 초 사이에 두 사람의 승부는 끝이 났다.

*　　　*　　　*

조금 전의 상황을 머릿속으로 되뇐 정지호가 끔찍한 듯 눈을 질끈 감았다.

"정말 믿을 수가 없습니다."

정지호의 말에 김두찬이 고개를 갸우뚱했다.

"아까는 믿겠다더니요?"

두 사람은 다시 거실 소파에 마주 앉아 있었다.

정지호가 의문 가득한 음성으로 물었다.

"무슨 운동이라도 하신 겁니까?"

김두찬의 나이 아직 스물이다.

그럼에도 저 정도 실력을 가지려면 타고난 재능과 꾸준한 운동이 뒷받침되어야 했다.

물론 운동이라는 게 축구나 야구 같은 게 아니라 격투기여야 했으며, 걸음마를 시작했을 때부터 익혔어야 지금 상황이 말이 된다.

하지만 김두찬은 고개를 저었다.

"아니요."

"그런데 어떻게……?"

딱히 설명할 방법은 없었다.

그래서 가장 상황을 쉽게 무마시킬 수 있는 거짓말을 했다.

"타고난 재능은 모든 상식을 초월할 때가 있곤 하잖아요."

"……."

정지호는 할 말이 없어졌다.

재능 운운해 버리니 거기다 대고 더 뭐라고 할 수가 없었다.

황당함이 커지니 저도 모르게 너털웃음이 나오는 정지호였다.

"하하, 진짜 환장하겠네. 글만 쓰는 샌님인 줄 알았더니."

정지호는 주먹으로 한 번도 져본 적이 없었다.

일대일의 싸움은 물론이고 일대다의 싸움 역시 마찬가지였다.

그가 혼자서 가장 많이 때려눕혔던 것이 23명이었다.

그만큼 정지호는 강골이었고 타고난 싸움꾼이었다.

게다가 복싱에 태권도, 합기도, 쿵푸까지 전부 유단자 자격증이 있었다.

한마디로 노력하는 천재였다.

그런 그가 태어나서 한 번도 격투기를 배워본 적 없는 김두찬에게 무너졌다.

그것도 너무나 쉽게.

"이제 절 미끼로 써도 안심하시겠죠?"

더 이상 그 질문에 토를 달 수 없었다.

김두찬의 실력을 몸소 체험했으니 그가 미끼로 나서도 얼마나 안전할지는 뻔히 보였다.

"만용을 부리는 줄 알았더니, 믿는 실력이 있었네요."

"저는 만용 같은 건 부리지 않아요. 제 능력 밖의 일은 주제넘게 하겠다고 나서지도 않고요."

그 말을 듣고 난 정지호가 문득 다른 걸 물었다.

"그런데 왜 넓은 마당에서 뜨지 않고 굳이 좁은 옥상으로 데리고 올라간 겁니까?"

그에 대한 김두찬의 대답은 간단했다.

"옥상은 밑에서 잘 안 보이니까요."

"아……."

정지호는 그 말에 담긴 의미를 이해했다.

김두찬의 집 근처엔 여전히 정지호의 식구들이 숨어서 감시의 끈을 놓지 않고 있었다.

정지호가 왔으니 형님 하면서 몰려들 수도 있는 일이었다.

그러나 그들은 제 위치를 고수하고서 모습을 드러내지 않았다.

혹시라도 상태파 녀석들이 근처에 있을지도 모르는데 괜히 경각심을 줄 필요가 없었기 때문이다.

해서 정지호도 김두찬의 집을 방문할 때 모자와 마스크로 얼굴을 가렸었다.

아무튼 그런 상황인지라 마당에서 정지호가 김두찬에게 당하는 모습이 누군가에게라도 목격된다면 그것은 민망한 일이 될 수 있었다.

때문에 김두찬은 그를 옥상으로 데리고 올라간 것이다.

하여튼 별것 아닌 것 같은 행동 하나하나에도 남을 위하는 배려가 깔려 있는 남자였다.

정지호는 다시 한번 김두찬에게 감탄했다.

"그럼 계획은 어떻게 됩니까?"

"일단 여기저기 돌아다녀 봐야죠, 혼자서. 상태파 녀석들이 김의현 의원에게 하달받은 일을 포기하지 않을 인간들이라는 건 확실한 거죠?"

"확실해요."

김두찬이 소파에서 몸을 일으켜 싱크대로 향했다.

그리고 큰 머그컵을 꺼내며 말했다.

"음… 그럼 차라리 여행을 떠나는 게 낫겠네요. 어차피 가족들은 지호 씨 식구들이 지켜줄 테니, 안심하고 갈 수 있겠어요."

김두찬이 혼자서 가족들과 떨어지면 상태파의 타깃이 될 가능성이 더 높아진다.

상태파의 입장에서는 김두찬의 가족을 건드리는 건 차선이었다.

최선은 김두찬을 잡는 것이다.

그것이 김의현 의원이 바라는 것이기도 했다.

김두찬이 죽어버리면 아들을 잃은 부모는 저절로 무너질 테고, 아직 어린 여동생 역시 적잖은 충격을 받을 게 자명했다.

큰 기둥 하나가 무너지면 나머지는 알아서 붕괴되는 법이다.

김두찬과 정지호도 그런 김의현과 상태파의 내심을 정확히 파악하고 있었다.

"알겠습니다. 작가님 마음대로 하세요."

정지호는 김두찬의 의견을 수렴했다.

"대신 들키지 않게 우리도 따라다니겠습니다. 사람 일이라는 게 모르는 거고 만에 하나라는 것도 있으니까. 이것까진 말리지 말아요. 나도 한발 물러섰으니, 김 작가님도 양보 좀 해요."

어떻게든 자신의 안전을 지켜주려는 정지호의 마음이 고마운 김두찬이었다.

그가 기분 좋게 이를 받아들였다.

"네, 그럴게요. 고마워요."

김두찬이 대답을 하며 다가와 정지호의 손에 따뜻한 머그

잔을 쥐어 주었다.

"이거 뭡니까?"

정지호가 컵을 들여다보니 김이 모락모락 나는 검은색 액체가 한가득 담겨 있었다.

"커피 한 잔 더 드세요."

"……!"

"아까 보니 좋아하시는 것 같아서 이번엔 머그컵에 탔어요."

'이런, 우라질!'

머그컵을 든 정지호의 손이 바들바들 떨렸다.

*　　　*　　　*

나를 싫어하는 사람들 3화가 자정 무렵에 또다시 업로드됐다.

마상지는 오늘 하루 종일 이 웹툰의 업로드와 두두뉴비 작가의 답장을 기다렸다.

하지만 두두뉴비 작가는 메일도 확인하지 않았다.

그런 와중 3화가 업로드되니 반갑기도 하고 괘씸하기도 했다.

마상지가 부리나케 3화를 읽었다.

"갈수록 미쳐 날뛰네."

그것이 3화를 일독하고 난 그녀의 감상이었다.

'나를 싫어하는 사람들'은 갈수록 재미를 더해갔다.

전 화보다 못한 최신 화가 없었다.

즉 작가는 자신의 역량을 처음부터 보여준 게 아니라 갈수록 조금씩 더 꺼내 보이고 있는 것이었다.

영리했다.

처음에 모든 것을 던져 기대감을 끌어올렸다가 갈수록 무너져 버리면 결국 독자가 떨어져 나간다.

그런데 이 작가는 그런 실수를 범하지 않았다.

아니, 사실 1화, 2화만 봤을 땐 초반에 전력 질주를 하는 게 아닌가 하는 우려가 있었다.

한데 그게 아니었다.

작가에게는 아직 더 재미를 끌어올릴 수 있는 여유가 존재했다.

물론 3화에도 킬링 컷이 존재했다.

3화의 킬링 컷은 첫 번째 컷이었다.

시작부터 눈 호강 하는 멋진 작화로 독자를 뒤흔들어 버렸다.

이미 이 두두뉴비의 웹툰은 평균 댓글 1만을 찍었고, 5천 명이 찜을 했다.

결코 신인들의 등용문인 도전장에서 나올 수 있는 성적이 아니었다.

"제발. 제발 메일 좀 읽어라."

마상지가 저도 모르게 엄지손톱을 씹으며 간절히 바랐다.

* * *

12월의 첫째 날.

김두찬은 홀로 여행을 떠났다.

부모님에게는 글을 쓰기 위한 소재를 구할 겸, 잠시 휴식을 취할 겸 짧게 여행을 갔다 오겠다고 말했다.

김두찬의 부모님은 그런 시간은 반드시 필요한 것이라며 그를 독려했다.

여행을 떠난 그의 짐은 단출했다.

커다란 배낭 하나가 전부였다.

그리고 대중교통을 이용했다.

물론 매니저의 밴을 타는 것이 더 편할 수도 있었다.

하지만 김두찬의 성격상 개인의 목적을 위해 매니저를 부리는 건 영 편치 않았다.

그런 이유를 차치하고서라도 이번 여행은 혼자 가야 했다.

상태파 놈들이 김두찬을 편하게 노릴 수 있도록 판을 깔아줘야 했기 때문이다.

덜컹. 덜컹.

김두찬의 몸을 실은 춘천행 ITX 기차가 빠르게 달렸다.

이번이 벌써 의도치 않게 세 번째 춘천행이 되는 셈이었다.

그가 굳이 춘천을 택한 것은 두 번의 방문으로 인적 드문 장소를 많이 봐놨기 때문이다.

물론 그런 장소는 전국 각지에 많을 테고, 조사해 보면 얼마든지 자료를 얻을 수 있을 것이다.

김두찬이 살고 있는 구리에도 그런 곳은 있다.

하지만 여행을 나와서 동네를 산책할 수는 없는 일이다.

아울러 춘천 외에 다른 지역은 가본 적이 없었다.

정보야 구할 수 있지만 경험보다 나은 건 아니었다.

그래서 춘천을 택했다.

오전부터 부지런히 출발을 한 덕에 춘천엔 점심 전에 도착할 수 있었다.

거사를 치르기 위해 왔지만 허기부터 해결하고 싶었다.

김두찬은 일전에 정미연과 함께 들렀던 공단솥칼국수 집에 가서 든든하게 끼니를 해결했다.

저번에 방문했을 때처럼 사장님은 친절했고 음식은 맛있었다.

식당을 나온 김두찬이 택시를 타고 서면으로 향했다.

서면은 춘천에서도 인구수가 적은 동네였다.

여기는 일전에 한국 애니메이션 총회가 열린 동네이기도 했다.

택시는 양옆으로 논밭이 가득한 길을 달리다가 가장 경치가 좋고 사람이 없는 곳에서 그를 내려주었다.

바로 이 장소가 김두찬이 원하는 장소였다.

김두찬은 주변의 광경을 천천히 감상하며 초월 청각을 오픈했다.

그리고 사위의 소리에 집중하면서 스마트폰으로 자연 경광을 찍는 척했다.

'과연 날 따라왔을까?'

확실하게 알 수 없었다.

이게 그냥 뻘짓이 될 수도 있는 일이었다.

춘천까지 오는 동안 주변에 신경을 썼으나 자신을 미행하는 듯 보이는 사람은 발견하지 못했다.

심지어 멀리서 따라붙겠다던 정지호의 모습조차 확인이 되지 않았다.

만약 상태파가 자신을 따라붙지 않았다면 이건 정말로 여행이 될 판이었다.

그러나 김두찬은 조급해하지 않았다.

그냥 여행이 된다면 그것도 나름대로 나쁠 게 없었다.

김두찬은 정처 없이 거닐었다.

겨울이라 초목이 벌거벗은 마당인데도 이상하게 춘천이라는 동네는 가는 곳마다 운치가 있었다.

그렇게 삼십 분 정도 걸었을 때였다.

이제는 정말 상태파가 자신을 쫓지 않았다는 생각에 맘 편히 이 시간을 즐기려 했는데, 확장 된 청력에 이상한 음성이 잡혔다.

"저거 맞지?"

"응."

"택시를 놓치냐, 너는. 새끼야."

"거기서 갑자기 차선 바꿔서 좌회전할 줄 알았나."

"둘 다 시끄럽다. 빨리 정리하고 가자."

김두찬이 자연 광경을 감상하는 척 몸을 살짝 돌렸다.

그러자 저 멀리서 다가오는 세 명의 남자가 보였다.

그들은 춘천에서 김두찬을 미행한 이들이고 차를 끌고 온 일행 두 명이 더 있었다.

그러니까 김두찬의 행선지를 파악하자마자 셋은 기차로 그를 미행했고 둘은 차를 끌고 춘천으로 쏜 것이다.

이후 춘천에서 합류해 차를 타고 김두찬을 쫓았다

김두찬은 아무것도 모르는 척 걸음을 느리게 했고, 세 남자와 김두찬의 거리가 금방 좁혀졌다.

이제는 초월 청각을 사용하지 않아도 뒤에서 그들의 발소리가 들릴 정도였다.

세 남자는 김두찬을 지나가는 척하다가 사위에서 그를 에워쌌다.

"드디어 잡았네."

하나같이 험상궂은 얼굴을 한 인간들 중 한 명이 김두찬에게 바람처럼 달려들어 주먹을 날렸다.

어차피 보는 사람도 없겠다, 턱을 쳐서 기절시킨 뒤 등에 업고 차에 나르려는 심산이었다.

그런데.

턱!

"……?"

김두찬이 그의 주먹을 간단하게 손으로 막아냈다.

김두찬이 씩 웃으며 한마디를 흘렸다.

"드디어 잡았네."

주먹을 날린 사내 장영호는 예상치 못한 전개에 당황했다.

하지만 그것도 잠시.

잡힌 주먹을 회수하며 반대쪽 주먹을 뻗으려는데.

'어?'

주먹이 당겨지지 않았다.

주먹을 쥐고 있는 김두찬의 악력이 어마어마했다.

김두찬이 주먹을 쥔 손에 더 힘을 가했다.

그러자.

우드드드득!

“끄악!”

주먹의 뼈가 전부 으스러졌다.

돌멩이도 가루로 만들어 버리는 손이다.

사람의 주먹 따위 우습게 뭉개 버릴 수 있었다.

장영호가 비명을 지르며 허물어졌다.

김두찬이 놓아버린 그의 손이 이상한 모양으로 구겨져 있었다.

이를 본 동료 두 놈이 동시에 김두찬에게 달려들었다.

만만히 봐서는 안 된다는 걸 뒤늦게 깨달은 것이다.

하지만 그런다고 달라지는 건 없었다.

퍼퍽!

김두찬의 주먹이 두 녀석의 안면을 정확히 강타했다.

그들은 갑작스러운 충격에 골이 흔들려 그대로 쓰러졌다.

일격에 두 사람을 졸도시킨 김두찬이 구겨진 손을 쥐고 신음하는 장영호에게 다가갔다.

“으으… 이 씹새끼 뭐야!”

주제를 모르고 욕을 내뱉은 대가는.

퍽!

"……!"

턱이 돌아가는 고통으로 받아야 했다.

결국 장영호도 다른 두 녀석과 나란히 바닥에 드러누웠다.

그때였다.

빵빵!

대형 SUV 한 대가 가까이 다가와 경적을 울렸다.

장영호 일행 두 명이 춘천까지 끌고 온 차였다.

김두찬은 이런 사실을 몰랐으나 아마 그럴 거라고 짐작했다.

그러나 김두찬은 조금도 긴장하지 않았다.

몇 명이 잡으러 와도 결과는 같을 테니까.

한데, 차에서 내린 이는 장영호의 일행이 아니었다.

정지호였다.

그가 뒷문을 열자 축 늘어진 장영호 일행 두 명이 보였다.

"김 작가님! 그놈들 끌어다가 여기 실어요!"

"지호 씨? 어떻게 된 거예요?"

"내가 김 작가님 마크해 드린다고 했잖습니까. 거기 누워 있는 자식들 일행이 차 끌고 따라붙기에 손 좀 봤죠."

그 말을 듣고서 상황을 파악한 김두찬이 고개를 끄덕이고 두 놈을 어깨에 들쳐 멨다.

장정 둘을 들고서도 무거운 기색 하나 없이 성큼성큼 움직이는 김두찬을 보며 정지호가 혀를 내둘렀다.

"괴물이네, 괴물."

정지호도 얼른 다가가 남은 한 명을 들쳐 업었다.

세 명을 전부 뒷좌석에 실으니 총 다섯이 나란히 눈을 감고 누워 있게 됐다.

정지호는 어디서 구해왔는지 밧줄을 꺼내 김두찬에게 당한 셋을 포박했다.

기존에 기절해서 타고 있던 두 명은 이미 포박이 된 상태였다.

포박을 마치고서 뒷문을 닫은 정지호가 손을 탁탁 털었다.

"작가님, 운전 좀 하십니까?"

"네."

김두찬의 운전 능력은 A랭크다.

잘하는 정도가 아니라 일류 레이서 급이었다.

"그럼 부탁 좀 하겠습니다."

그리 말한 정지호가 뒷자리에 올라 문을 닫았다.

상태파 다섯 놈 전부 포박해 놓았으나 혹시 모르니 감시를 하기 위해서였다.

김두찬은 운전석에 올라 액셀을 밟았다.

부우웅!

차가 시원하게 나갔다.

"어디로 갈까요?"

"가야 할 곳 내비 찍어뒀습니다."

김두찬이 내비게이션의 목적지를 살폈다.

잠실이었다.

"우리 숙소로 갈 겁니다. 거기에 상태파 놈들 스물세 놈 잡아놨어요. 이놈들까지 하면 스물 여덟이겠네."

정지호가 옆에 있던 놈의 머리를 탁 쳤다.

어제까지만 해도 열다섯을 잡았다고 하더니 하룻밤 새 여덟을 더 잡아들인 모양이었다.

이제 상태파의 남은 인원은 현상태를 포함 고작 셋에 불과했다.

"역시 이런 일엔 능숙하시네요."

"사람은 다 자기 밥그릇이 따로 있는 거잖소. 주먹 밥 먹고 산 세월이 몇 년인데 이런 건 일도 아니지."

"나머지는 어떻게 잡을 생각이죠?"

"다~ 방법이 있습니다. 일단 숙소로 가십시다."

"알겠어요."

김두찬은 정지호의 말을 굳게 믿고 액셀을 더 강하게 밟았다.

* * *

정지호의 숙소는 잠실의 중심지와 외따로이 떨어져 있었다.

잠실에도 이런 곳이 있었나 싶을 정도로 한가로운 땅 위에 2층 구조의 거대한 저택이 마당을 품고 담벼락에 둘러싸여 있었다.

정지호가 도착하자마자 미리 나와 대기하고 있던 동생들이 우르르 몰려와 차 안에 포박된 놈 다섯을 끌고 갔다.

정지호는 김두찬과 함께 느긋이 저택 안으로 들어섰다.

거실에 발을 들이자마자 김두찬의 눈앞에 장관이 펼쳐졌다.

온몸에 멍이 들고 피범벅이 된 장정 스물세 명이 팬티 차림으로 무릎을 꿇고 있는 게 아닌가?

그들은 정지호 패거리에게 잡힌 상태파 놈들이었다.

현상태의 명령을 하달받고 일을 수행할 때의 패기는 온데간데없었다.

하나같이 겁 먹은 강아지처럼 바들바들 떨면서 주변의 눈치를 살필 뿐이었다.

누군가 조금 큰 동작을 취하기만 해도 놀라서 몸을 움츠렸다.

정신 개조가 완벽하게 먹힌 것이다.

정지호의 동생들은 그들 앞에 새로 잡아온 다섯을 내동댕

이쳤다.

"으윽! 아니, 너희들……!"

김두찬에게 손이 아작 난 장영호가 놀라 입을 열었다.

그 순간.

퍽!

"악!"

그의 몸에 방망이가 날아들었다.

"지금부터 허락 없이 입 여는 새끼들은 맞는다."

장영호는 욕이 튀어나올 것 같았지만 이를 악물었다.

일단은 상황을 파악하는 게 우선이었다.

그가 빠르게 살펴보니 무릎을 꿇고 있는 동료들은 손발이 자유로운 상태였다.

어떻게든 발악하면 여기서 나갈 수도 있을 것 같은데 문제는.

'저 병신들이 왜 다 쫄아 있어?'

하나같이 겁을 잔뜩 집어먹어 아무것도 못할 판이었다.

상태파의 조직원들은 겁이 없기로 유명했다.

장영호는 동료들의 저런 모습을 처음 봤다.

그때였다.

"신입들 밟아라."

정지호가 꿇어앉은 23명에게 명령했다.

동료를 밟으라는 얘기다.

의리가 있는 이들이라면 절대로 쉽게 들을 수 없는 명령이었다.

그런데 발가벗겨진 23인은 벌떡 일어나 망설임 없이 장영호 패거리를 지근지근 밟아댔다.

퍽! 퍽! 퍽!

"아악!"

"으크윽!"

장영호의 얼굴이 일그러졌다.

23인은 인정사정 없이 죽일 심산인 것처럼 무식하게 발길질을 해댔다.

대체 이 자식들이 왜 이렇게 나오는지 이해 불가였다.

고통보다 혼란스러움이 더 컸다.

한참 동안 이어지던 구타는 장영호 패거리가 전부 기절해서 축 늘어진 다음에야 그쳤다.

"그만. 제자리로."

23인이 행동을 멈추고서 처음 봤던 그 모습 그대로 무릎을 꿇었다.

그걸 김두찬이 흥미롭다는 얼굴로 관찰했다.

"신기합니까?"

정지호가 물었다.

"어떻게 하면 저렇게 되는 거죠?"

"우리 선조들이 하신 현명한 말씀 중에 몽둥이가 약이라는 말이 있죠. 쟤들 몸 좀 보세요. 파란색, 빨간색 알록달록 예쁘죠? 잠도 제대로 못 자고 두들겨 맞았을 겁니다."

"아무리 그렇다고 해도……."

고작 하루 이틀 만에 동료를 양심의 가책도 없이 짓밟을 만큼 변한다는 게 말이 되는 건가?

이해가 되지 않았다.

하지만 정지호는 그 이상의 설명을 하지 않았다.

"자세히 들으면 김 작가님 오늘 잠 못 잡니다."

뭔가 설명하기에도 끔찍한 방법을 쓴 것 같았다.

"오늘 들어온 다섯 놈도 곧 교화시킬 겁니다. 어디 보자."

정지호가 기절한 다섯 놈의 얼굴을 이리저리 살폈다.

"다행히 얼굴은 피해서 잘 밟았네. 깨워서 더 밟어. 얼굴 건드리지 말고. 한… 네 시간이면 충분하겠지?"

정지호가 행동 대장 이형석에게 물었다.

이형석은 자신 있게 고개를 끄덕였다.

"말 잘 듣는 인형으로 만들어놓겠습니다."

"그래. 우리 작가님한테는 좋은 것만 보여 드려야 하니까 잠깐 나갔다 올게."

"다녀오십쇼."

이형석과 동생들이 일제히 고개를 숙였다.

정지호는 그들을 뒤로하고 김두찬과 저택을 나섰다.

*　　　*　　　*

늦은 밤.

구리 시내에 있는 모텔에서 동생 둘과 묵고 있던 현상태는 장영호에게 걸려온 전화를 받았다.

"어떻게 됐냐."

현상태가 양옆으로 쫙 찢어진 눈을 더욱 가늘게 떴다.

그는 생긴 것도 투박하고 말투도 투박했다.

얼굴에서 웃음기라고는 찾아볼 수 없는 강퍅한 인상이었다.

그의 전화 통화에 침대에서 쉬고 있던 떡대 두 명이 귀를 기울였다.

그에 현상태가 스마트폰을 스피커 모드로 전환했다.

그러자 장영호의 은밀한 목소리가 흘러나왔다.

—김두찬, 잡았습니다.

"잡았어?"

—네.

"지금 거의 모든 동생들이랑 연락이 끊겼다."

—하아… 계속 연락 안 됩니까?

"안 돼."

현상태는 말을 하면서도 속이 뒤틀렸다.

아무래도 김두찬이 경호원을 고용한 것 같았다.

그럴 거라는 예상을 전혀 못 했기에 처음에는 일이 쉬울 거라고 생각했다.

그런데 하루 이틀 만에 동생들과의 연락이 일제히 두절되어 버렸다.

현상태가 사태의 심각성을 눈치챘을 때는 이미 늦었다.

그렇다고 홀로 여행을 떠나는 김두찬을 그냥 멍청히 보낼 수는 없는 노릇이었다.

해서 현상태와 상태파 중심축 두 명은 모텔에 남고, 나머지 다섯만 김두찬을 쫓기로 했다.

"그런데 김두찬이 혼자 돌아다녔냐?"

—아니요. 경호원 세 명이 붙어 있었습니다.

"그래서?"

—방법 있습니까? 셋 다 밟아버리고 김두찬 잡아왔습니다.

"그래? 다친 데는 없고?"

—…그게 오른손이 아작 났습니다. 면목 없습니다, 형님.

"잡았으면 됐어. 김두찬이 고용한 놈들, 보통내기들 아니다. 우물쭈물하다가 너희도 털릴지 몰라. 빨리 행동하자. 김두찬

여기로 데리고 와."

—지금 주차장입니다. 바로 올라가겠습니다.

"그래."

전화를 끊고 나서야 현상태는 숨을 돌릴 수 있었다.

조직에 타격이 컸지만 어떻게든 일은 해냈다.

이제 김두찬을 데리고 김의현 의원에게 가서 잔금을 받아내면 끝이다.

연락 두절된 동생들이 만약 저승길을 건넜다면 어쩌나 하는 걱정 같은 건 없었다.

조직원이야 다시 유입하면 그만이었다.

어차피 정으로 움직이는 집단이 아니었다.

현상태가 뿌리는 돈과 그의 공포정치로 움직이는 게 상태파였다.

똑똑.

누군가 문을 두들겼다.

"영호냐."

떡대 한 명이 문가로 다가가 물었다.

"네."

들려오는 음성은 장영호의 것이 맞았다.

그러나 떡대는 안심하지 않고 보조 잠금장치를 건 채로 문을 살짝 열었다.

한 뼘 정도 벌어진 문 너머로 장영호와 다른 동생들 네 명의 모습이 보였다.

그런데 김두찬이 보이지 않았다.

"김두찬은?"

떡대가 의아해서 물었을 때였다.

장영호는 그나마 인간적으로 현상태를 존경하는 사람이었고 의리 있는 사나이였다.

그래서 소리쳤다.

"형님! 문 열지 마세요!"

떡대가 놀라서 문을 다시 닫으려 했다.

한데 그보다 먼저 하얀 손 하나가 불쑥 들어와 문을 잡았다.

그러거나 말거나 떡대는 두 손으로 문고리를 잡고 확 당겼다.

사력을 다해 당겼으니 주인 모를 손은 문틈에 끼어 부러질 판이었다.

그런데.

"어?"

문이 꼼짝도 안 했다.

자신은 두 손으로 당기고 있는데 상대방은 한 손으로 그 힘을 눌러 버렸다.

당황한 떡대가 다시 한번 힘을 주려 했다.

그런데.

콰지직!

문은 떡대가 힘을 주는 반대 방향으로 우악스럽게 당겨졌고 그 무식한 괴력에 보조 잠금장치가 떨어져 나갔다.

떡대는 문손잡이를 잡고 있다가 끌려가 복도에 내동댕이쳐졌다.

털푸덕!

그런 떡대의 턱을 누군가가 걷어차면서 튀어나왔다.

정지호였다.

한데 문을 잡아당긴 건 그가 아니었다.

문이 완전히 열어젖혀지고 나서 그 뒤에 숨어 있던 하얀 손의 주인이 나타났다.

바로 김두찬이었다.

그의 얼굴을 확인한 현상태가 품에서 칼을 꺼내 들이닥쳤다.

짧은 순간 그가 내린 가장 좋은 대처는 죽을 때 죽더라도 김두찬을 잡는 것이었다.

뭔가 일이 틀어졌고 김두찬의 조력자에 의해 상태파는 와해되었다.

한데 방금 전 김두찬의 괴력을 보니 단순히 조력자에 의해

이 사달이 벌어진 건 아닌 듯했다.

작가라고 하더니 글만 쓰는 샌님과는 달랐다.

아무튼 어차피 도망치기에는 늦은 상황.

이미 김두찬을 잡아 돈을 받아가겠다는 생각은 고이 접어 날렸다.

자신이 죽을 판이었다.

그렇다면 혼자 죽지는 않겠다는 것이 현상태의 각오였다.

현상태의 몸이 김두찬에게 바람처럼 쇄도했다.

한 손에 들고 있던 칼이 일말의 머뭇거림 없이 들이닥쳤다.

깔끔한 호를 그리며 정확히 김두찬의 목을 노리는 시린 칼날이 보였다.

움직임에 망설임이 없는 것이 살인을 많이 해본 자의 솜씨였다.

워낙 그의 움직임이 날래서 정지호는 아차 싶었다.

스피드만 놓고 보면 자신보다 한 수 위였다.

정지호가 다급히 김두찬의 뒷덜미를 잡아끌려 했다.

순간!

탁. 퍽!

김두찬의 손이 전광석화처럼 움직였다.

현상태가 칼을 휘두르던 오른 손목을 쳐 제지하는 동시에 그의 안면에다 주먹을 꽂아 넣은 것이다.

콰당!

현상태는 달려오던 것보다 더 빠른 속도로 뒤로 날아가 바닥에 곤두박질쳤다.

김두찬이 앞으로 튀어나갔다.

그리고 비틀거리며 일어서는 현상태의 가슴을 다시 한번 걷어찼다.

뻑!

“큭!”

현상태의 숨이 턱 막혔다.

김두찬이 그의 머리채를 휘어잡더니 뺨을 후렸다.

짜악! 짜악! 짜악!

“끄어억!”

손이 어찌나 매서운지 현상태의 입안이 엉망으로 터지고 치아 몇 대가 튀어나왔다.

하지만 현상태는 그 정도로 굴복하지 않았다.

정신없이 얻어터지는 와중에도 쥐고 있던 칼은 손에서 놓치지 않았다.

그가 축 늘어져서 신음을 흘리다 별안간 김두찬의 옆구리에 칼을 꽂아 넣었다.

그러나.

턱.

김두찬은 현상태의 기습을 막아냈다.

칼을 든 팔목이 김두찬의 손에 잡혔다.

김두찬이 무표정한 얼굴로 팔목을 쥔 손에 힘을 줬다.

두둑!

“크읏!”

팔목이 부러져 이상한 방향으로 꺾였다.

손가락에 힘이 빠지며 현상태의 의지와 상관없이 칼을 놓쳤다.

김두찬은 거기서 그치지 않고 한 손으로 어깨를 지그시 누르고는 다른 손으로는 팔을 잡고 뒤로 당겼다.

빠각!

“악!”

그대로 어깨뼈가 뒤틀리며 빠졌다.

김두찬이 손을 놓자 현상태가 바닥에 얼굴을 박았다.

퍽! 우직!

김두찬은 발로 현상태의 옆구리를 걷어차고 머리를 짓밟았다.

그의 눈이 소름끼치도록 차가웠다.

김두찬의 가족을 건드리려 했던 건 현상태의 실수였다.

지금 김두찬은 그 어느 때보다도 광폭해져 있었다.

우직! 우드득!

현상태의 골을 부셔놓을 요량인지 김두찬이 발에 힘을 주었다.

"끅… 끄륵……!"

현상태가 거의 졸도할 지경이 되었다.

그제야 김두찬을 발을 거둬들이고 다시 그의 복부를 걷어찼다.

뻐억!

"컥!"

얼마나 힘이 셌는지 현상태는 뒤로 죽 밀려나 벽에 등을 받았다.

"크억! 커헉……!"

그것은 싸움이 아니라 일방적인 폭행이었다.

그래도 이 바닥에서 제법 주먹 좀 쓴다고 하는 현상태였다.

한데 김두찬은 그런 현상태를 아이 다루듯 하고 있었다.

이를 지켜보던 정지호는 크게 놀라지 않았다.

이미 예상했던 결과였다.

그는 다른 것에 놀라는 중이었다.

'내가 알던 김 작가가 맞나?'

지금 김두찬에게서 풍겨져 나오는 기운은 그가 평소 느껴오던 것과는 너무나 달랐다.

김두찬이 현상태의 멱을 한 손으로 잡고 들어 올렸다.

"끄으!"

현상태는 기도가 막혀 숨을 쉬지 못해 버둥댔다.

그대로 두면 정말 사람 하나 잡을 판이었다.

보다 못한 정지호가 다가가 김두찬을 말렸다.

"김 작가님, 여기부터는 내가 알아서 할게요. 피를 묻혀도 내 손에 묻혀야지."

순간 김두찬이 정지호를 바라봤고, 그는 돌처럼 굳었다.

김두찬의 눈동자가 이루 말할 수 없을 만큼 섬뜩했다.

'이건… 김 작가 아닌데?'

정지호의 짐작이 맞았다.

지금 김두찬을 지배하고 있는 건 그의 여섯 번째 인격 제타(Zeta)였다.

김두찬은 이중인격의 랭크를 A까지 업그레이드하면서 총 여섯 개의 인격을 갖게 됐다.

그중 가장 냉정하고 광폭한 인격이 바로 제타였다.

그는 김두찬이 모텔의 문 앞에 도착하는 순간 자신을 꺼내 달라 요청했다.

김두찬의 분노를 읽었기 때문이다.

하지만 김두찬의 성격상 그 분노를 제대로 표출하지 못할 것 같았다. 때문에 자신이 김두찬의 몸으로 직접 현상태를 잡기를 원했다.

사실 김두찬은 자신의 안에 어떠한 인격들이 있는지 확실히 파악하지 못한 상태였다.

이중인격을 업그레이드했으나 각각의 인격에 대해서 제대로 알아보지 않았기 때문이다.

그런 와중 제타가 말을 걸어왔고, 김두찬은 그에게 육신의 지배권을 넘겼다.

광폭의 인격 제타가 깨어난 것이다.

현상태는 제타에게 완벽히 제압당했다.

그로 인해 김두찬의 분노도 어느 정도는 해소됐다.

폭력으로 일을 해결하는 게 능사는 아니다.

그러나 필요할 때는 폭력도 불사해야 한다는 것이 김두찬의 생각이었다.

나와 내 가족의 목숨을 해하려 한 자에게까지 자비를 베풀 아량은 없었다.

김두찬이 제타의 인격을 거두어들였다.

이중인격의 힘이 사라지자 제타는 김두찬에게 육신의 지배권을 넘기고서 잠들었다.

비로소 김두찬의 눈빛이 평소의 느낌을 되찾았다.

"김 작가님, 괜찮아요?"

정지호가 의아해하며 물었다.

김두찬은 고개를 살짝 끄덕였다.

"네. 괜찮아요. 미안해요. 너무 흥분했었어요."

"…이해합니다. 나 같아도 이런 새끼들 앞에서는 평정심 유지하기 힘들지."

말은 그렇게 했지만 사실 받아들이기 어려웠다.

사람에게는 누구나 이중성이라는 것이 있다.

아무리 그렇다고 해도 방금처럼 완전히 다른 사람 같은 분위기를 만들어내기는 힘든 법이다.

정지호는 머리를 저어 복잡한 생각을 털어냈다.

애초부터 상식으로 설명이 안 되는 인물이 김두찬이었다.

지금에 와서 자신의 이해 범위 안에 그를 가둘 수는 없었다. 김두찬은 그러기엔 너무나 거대한 사람이었다.

"이제 전 뭘 하면 될까요?"

현상태를 바닥에 내치며 김두찬이 물었다.

"집에 돌아가셔서 아무 일도 없었던 것처럼 행동하시면 됩니다. 나머지는 우리가 알아서 정리할게요."

정지호가 뒤를 돌아봤다.

장영호는 김두찬이 현상태를 구타하던 어느 순간 상황에 개입하려 했다.

그런데 현상태를 꾀어내기 위해 장영호와 동행했던 그의 동료 넷이 장영호를 포박했다.

이미 그들은 계산을 끝냈고 정지호 측에 붙는 것이 이득이라 판단한 것이다.

장영호는 이를 바득바득 갈면서 정지호를 노려봤다.

쉽게 길들여지지 않는 야생마 같은 면모가 마음에 들었다.

현상태 같은 인간을 진심으로 모신 건, 그만큼 의리를 아는 인간이라는 것이다.

정지호는 장영호를 어떻게든 품어보기로 했다.

“조용히 따라올 거냐?”

정지호가 유일하게 얻어맞지 않은 상태파의 또 다른 떡대를 보며 물었다.

그는 운이 좋았다.

어떤 액션을 취할 새도 없이 현상태가 제압당해 버리는 바람에 괜히 맷값을 벌지 않았다.

떡때가 마른침을 꿀꺽 삼키고서 고개를 끄덕였다.

“좋아. 돌아가자. 현상태랑 따까리 둘 수습해라.”

정지호의 말에 열린 현관문 뒤에서 열 명의 장정이 우르르 몰려 나왔다.

현상태를 습격하기 위해 김두찬과 정지호 둘만 온 건 아니었다. 동행한 인원들은 만약에 대비해 복도를 지키고 있었다.

딱히 숨은 건 아니었다.

그들이 나서기도 전에 상황이 끝났을 뿐.

상황을 수습하고 김두찬은 정지호와 같은 차에 탔다.

정지호가 운전대를 잡고 김두찬은 조수석에 앉았다. 나머지 사람들은 커다란 봉고차 두 대에 나눠서 몸을 실었다.

"김의현 의원은 어쩌실 겁니까?"

숙소로 향하던 중 정지호가 김두찬에게 질문을 던졌다.

"어떻게 하면 좋을지 생각 중이에요."

"그럼 저한테 맡기세요."

"수가 있어요?"

"제 전공이라고 늘 말하지 않았습니까."

정지호가 만면 가득 미소를 머금었다.

* * *

김의현은 그날 밤으로 정지호 일당에게 잡혔다.

정지호는 현상태를 잡을 때와 비슷한 수법으로 김의현 의원을 꾀어냈다.

현상태를 이용해 김두찬을 잡은 것처럼 속여서 접근한 것이다.

천하의 현상태도 결국 한 명의 인간이었다.

돈을 아무리 좋아한다지만 죽음의 공포를 느끼니 정지호 앞에 무릎 꿇을 수밖에 없었다.

죽고 나서는 돈이 아무리 많아 봐야 일 푼 쓸모없었다.

일단 살고 봐야 되는 것 아니겠는가.

현상태는 정지호에게 협조하면 풀어주겠다는 약조를 받고 김의현을 잡는 데 협조한 것이다.

일단 김의현에게 선금은 받은 상황인 데다가 한솥밥 먹은 동생들은 먼저 그에게 등을 돌린 입장이다.

따라서 현상태가 선금을 배분 않고 혼자 먹어도 그들은 할 말이 없었다.

이럴 경우 일을 완수하고 받기로 약속했던 잔금을 받지 못해도 상관없었다.

잔금을 받아서 동생들과 배분하나 선금만 받고 혼자 독식하나 그게 그거였다.

한데 정지호에게 풀려난 현상태는 얼마 지나지 않아 차에 치여 숨이 끊어졌다.

어두운 한밤중, 인적이 드문 곳인 데다가 CCTV도 없는 장소였다.

현상태를 들이받은 차는 이미 사라졌고 그는 차가운 아스팔트 위에서 싸늘한 주검이 되었다.

* * *

12월 2일, 토요일.

아침부터 대한민국이 들썩였다.

새벽녘, 누군가 발가벗겨져 포박당한 채로 시골 동네 밭 어귀에 내동댕이쳐져 있는 걸 주민이 신고했다.

바로 경찰이 출동해 나체의 중년인을 수습했다.

한데 그는 검찰에 출두하지 않았던 성골의 마지막 멤버 김의현 의원이었다.

결국 김의현까지 강제로 검찰에 넘어가게 되었다.

이로써 모든 성골의 멤버가 법의 단두대 위에 올려졌다.

간밤에 숙면을 하고 동이 터올 즈음 일어난 김두찬은 인터넷으로 관련 기사들을 살펴보며 만족했다.

생각해 보면 이번 일의 시작은 모두 김두찬을 건드린 문지심으로 인해 벌어진 것이었다.

그가 김두찬을 건드리지 않았다면 문화예술계 블랙리스트 파일이 세상에 나올 일은 없었을 것이다.

블랙리스트가 터지는 바람에 성골에 관련된 굵직한 인물들이 굴비처럼 줄줄이 엮여 들어갔다.

그 와중에 김의현 의원은 김두찬에게 복수를 하려다가 더더욱 호된 꼴을 당하고 말았다.

뒷세계 사람들 사이에서도 개자식으로 악명 높았던, 그러나 김의현 의원이 뒤를 봐주고 있어서 함부로 건드리지 못한 현상태까지 명을 달리했고, 상태파는 완전히 사라졌다.

그 모든 것이 김두찬을 건드림으로 인해 벌어진 일이었다.

성골과 상태파가 초전 박살이 났다.

그러나 정작 이 엄청난 일의 중심에 서 있는 김두찬은 태풍의 눈에 있는 것처럼 평온하기 그지없었다.

가족을 위협하던 요소들이 사라졌으니 그럴 만도 했다.

한참 동안 이런저런 기사들을 살펴보던 김두찬은 네이브 웹툰에 접속했다.

'나를 싫어하는 사람들'을 3화까지 업로드한 뒤에 상태파를 잡느라 이후를 신경 쓰지 못했었다.

김두찬이 4화를 업로드하려고 네이브 사이트에 접속을 했다.

그러자 새로운 메일에 대한 알림이 떴다.

메일함을 열어보니 네이브 웹툰 신인개발팀장 마상지로부터 비슷한 제목의 메일이 다섯 통이나 와 있었다.

이를 본 김두찬이 빙그레 미소 지었다.

"그럼… 이제 읽어볼까?"

상대방을 충분히 애달프게 만들었다.

그러니 지금이 최대한 좋은 조건으로 계약을 할 수 있는 타이밍이었다.

Liking 98
건방진 신인?
86/

"왔어!"

탕!

마상지가 두 손으로 테이블을 치며 일어섰다.

그 바람에 직원들이 놀라 헛숨을 들이켰다.

부서 내에 있던 이들의 시선이 마상지에게 집중됐다.

"팀장님, 뭐가 와요?"

막내가 눈을 끔뻑거리며 물었다.

그러자 옆에 있던 선배 직원이 들뜬 음성으로 대신 대답했다.

"답 메일!"

"답 메일이요? 아… 그 두두뉴비 작가구나!"

부서의 모든 사람들이 자리에서 엉덩이를 뗐다. 그러고는 마상지의 주변으로 우루루 몰려들었다.

두두뉴비는 네이브가 꼭 잡아야 할 작가였다.

이 자리에 있는 사람들 중 두두뉴비의 작품을 안 읽어본 사람은 없었다.

그리고 하나같이 그의 작품을 극찬했다.

'나를 싫어하는 사람들'은 무조건 초대박이 날 작품이었다.

마상지가 기를 쓰고 계약하고 싶어하는 건 당연했고, 그녀의 마음이 곧 모두의 마음이었다.

한데 두두뉴비는 메일을 몇 통이나 보냈건만 답장은커녕 확인도 하지 않았다.

그에 다른 웹툰 업체와 이미 계약을 한 건 아닌지 불안했었다.

스트레스에 쥐어뜯은 머리카락으로 짚신을 엮을 정도였다.

그러던 와중 드디어 오늘 답 메일이 온 것이다.

'안녕하세요, 두두뉴비입니다'라는 제목을 마상지가 클릭했다.

그러자 메일의 내용이 나타났다.

제 작품에 관심 가져주셔서 진심으로 감사드립니다. 제안해 주신 내용들 잘 살펴봤습니다. 저 역시 네이브와 좋은 파트너로 함께하고 싶습니다. 하지만 계약 조건을 조금 수정했으면 하는 바람이 있습니다. 조정이 가능하다면 답 메일 보내주시기 바랍니다. 기다리고 있겠습니다.

마상지는 얼마든지 계약 조건이 조정 가능하다는 내용의 답 메일을 보냈다.

지금 두두뉴비를 놓치면 아쉬운 건 네이브다.

칼자루는 그가 쥐고 있었다.

그의 작품이 정식 서비스되었을 때 웹툰계에 얼마나 거대한 지각 변동을 일으킬지는 그림 그리듯 눈에 선했다.

때문에 어떻게든 그의 비위를 맞춰 계약서에 도장을 받아내야 했다.

전과 달리 답 메일은 한 시간이 지나기도 전에 날아왔다.

두두뉴비가 내건 조건은 기존 네이브에서 제시했던 것보다 본인에게 종합적으로 20%가량 더 유리했다.

아울러 네이브의 어떤 웹툰 작가도 이렇게 좋은 조건으로 계약을 맺은 이는 없었다.

한데 이제 첫 작을 계약하는 사람이 이런 조건을 내밀어 버리니 마상지의 입장에서는 난감했다.

결국 마상지는 회의를 열었다.

이러한 조건으로 계약을 했을 시 두두뉴비에게 가는 것 이상으로 네이브가 얻을 만한 것이 있는지.

나를 싫어하는 사람들의 가능성과 한계는 어디까지라고 보는지.

만약 계약을 하게 되었을 경우 두두뉴비의 조건은 절대적으로 비밀에 부쳐야 하는데, 이러한 조항을 추가로 써넣어야 하는지.

누군가의 실수로 작가의 조건이 외부 유출되었을 때 그 파장은 감당할 수 있는지.

여러 가지 화두가 오고 갔다.

세 시간여의 긴 회의 끝에 결론이 나왔다.

마상지는 그것을 토대로 두두뉴비에게 답 메일을 보냈다.

* * *

김두찬은 마상지에게서 온 답을 확인했다.

장문의 글을 빠르게 읽고 난 김두찬이 씩 웃었다.

"됐다."

결과적으로 마상지를 비롯한 네이브 웹툰 팀은 김두찬의 작품과 계약하기를 원했다.

그가 내민 조건 그대로.

단, 계약 조건에 대해서는 절대로 외부 유출을 해서는 아니 되며, 이를 김두찬이 어겼을 시 계약 조건을 처음 네이브 측에서 제안했던 조건으로 되돌려야 한다는 주의 사항이 붙었다.

그거야 김두찬이 실수하지 않으면 되는 일이다.

보통 말실수라는 것이 술자리에서 일어난다.

그러나 김두찬은 술에 취하지도 않으니 그런 것에 대해서는 걱정 안 해도 될 터였다.

김두찬은 계약을 위해 만날 날짜를 정해 회신을 보냈다.

*　　　*　　　*

"답장 왔다."

마상지의 말에 팀원들이 또 우르르 몰려들었다.

"뭐래요?"

직원 한 명이 묻자 마상지는 대답 대신 메일을 클릭해 열었다.

두두뉴비는 월요일에 네이브로 직접 찾아가겠다고 했다.

그에 또 다른 직원이 콧방귀를 꼈다.

"드디어 그 대단한 얼굴 볼 수 있겠네."

그러자 옆에 있던 직원이 고개를 끄덕였다.

“나도 궁금해요. 아니, 작품이 아무리 좋아도 그렇지 쌩판 초짜가 너무 배짱 튕기는 거 아니냐고.”

“그러니까. 마 팀장님더러 오라 가라 하지 않는 걸 영광으로 여겨야 할 판이지.”

팀내에서 두두뉴비에 대한 여론은 좋지 않았다.

신인인데도 불구하고 너무 콧대를 높이는 두두뉴비가 달가울 리 없었다.

어쩔 수 없다는 걸 알고는 있다.

이 바닥에서는 실력이 모든 것을 증명한다.

좋은 작품을 썼으면 그만큼 거드름을 피워도 감히 뭐라고 할 수가 없다.

실제로 네이브 작가들 중에도 그런 사람이 몇 있었다.

하지만 두두뉴비는 처음부터 정도라는 걸 넘어섰다.

터무니없는 계약 조건을 내밀어 생각 있으면 하고 없으면 말라는 식으로 나왔으니 말이다.

계약 조건이 조금만 낮았어도 여론이 나빠지는 일은 없었을 것이다.

“웹툰 반응 믿고 너무 설치는 거지.”

“아무리 그래도 신인이 말이야.”

“얼마나 대단한 작가가 될지는 모르겠지만… 이런 작가들 특징이 용두사미야. 시작은 그럴듯한데 끝에 가서 무너지는 경우가 허다하다고."

모든 직원들이 돌아가며 비난을 하자 두두뉴비를 유일하게 옹호하는 여인, 하 사원이 한마디 했다.

"마 팀장님이 컨택했는데 그럴 리가요."

그에 직원 중 가장 덩치가 큰 데다 뽀글 머리를 한 남자, 정 주임이 입을 열었다.

"마 팀장님이 신이냐? 틀릴 수도 있지."

마 팀장의 바로 뒤에서 그런 말을 뱉어놓고 찔끔한 정 주임이 얼른 말을 바꿨다.

"그래 뭐, 내가 한발 양보해서 설사 이번 작품 무사히 끝낸다 해도 차기작에 엄청 중압감 느낄걸? 전작보다 뛰어난 작품을 만들고 싶을 테니까. 그러다가 자멸하는 코스 밟을 게 분명하다고."

정 주임의 말을 젊은 나이에도 머리가 훤히 벗겨진 박 대리가 받았다.

"동감이야. 김두찬 정도 되는 작가라면 몰라도 어디 새내기가 저렇게 오만방자해서야 훗날은 뻔할 뻔 자지. 망한다, 저거."

"근데 기성작가가 신인인 척하는 걸 수도 있잖아요. 아무리 봐도 신인의 작화가 아닌데. 스토리 끌고 나가는 구조나 연출력도 그렇고."

하 사원이 지지 않고 반박하자 정 주임이 따지고 들었다.

"그래서 우리 모두 비슷한 작화 찾아보려고 엄청 노력했던 거 기억 안 나? 검색하면 안 나오는 게 없는 구글에다가 구글링 종일 돌리고 이미지 검색까지 했는데 뭐가 없잖아."

"하다못해 비슷한 작화를 본 적 있는 사람 있었냐고. 우리 중에 없으면 없는 거지. 신인이야, 신인!"

박 대리가 정 주임의 말을 거들었다.

힘을 얻은 정 주임의 목소리에 힘이 들어갔다.

"두두뉴비라는 닉네임 털어도 별게 없더라고."

그러나 하 사원은 여전히 의견을 굽힐 생각이 없었다.

"그거야 보니까 새로 판 지 얼마 안 되는 것 같던데요, 뭐."

"신인 맞다니까. 좀 타고난 천재에 피지컬 대박인 신인! 근데 이 바닥이 그거 가지고 다 되는 건 아니거든. 경험이 있어야 하는데 그게 없잖아. 장담하는데 원 히트 원더 될 거다, 아마."

"에이, 저는 안 그럴 거 같은데요."

"아, 진짜 얘가 답답한 소리하고 있네. 내기할까?"

"내기해요."

"좋아. 원 히트 원더인지 아닌지 판단하는 건 너무 오래 걸리니까 신인이냐 아니냐로 가자."

"그래요."

"하하, 얘가 얘가 아주, 제 앞날 모르고 날뛰네. 자신 있어?"

박 대리가 혀를 끌끌 찼다.

하 사원과 정 주임의 서로를 바라보는 시선에 스파크가 튀었다.

"뭐 걸래?"

"크게 가죠. 현금 큰 거 세 장 어때요?"

"삼십? 얘는 사원이 무슨 간댕이가 이렇게 커?"

"자신 없어요?"

"야! 자신이 왜 없어? 좋아. 세 장 받고 두 장 더. 아니, 그냥 월급 절반 잘라 주기로 하자. 어때?"

"콜입니다."

이제 두 사람은 돌아오지 못할 강을 건넜다.

"하 사원 큰일 났네. 다음 달은 어떻게 사나?"

"아직 초짜라 이 바닥 생리를 잘 모르니 저런 용기가 나오는 거지."

"저게 용기입니까? 만용이고 객기지."

모든 직원들이 한마음으로 정 주임을 응원했고 하 사원을 힐난했다.

마상지는 그런 직원들의 꼬락서니를 보다가 이를 빠드득 갈았다.

순간 모든 직원들의 얼굴에 핏기가 가셨다.

직원들은 마상지가 폭발하기 전에 썰물처럼 흩어져 자기 자리로 돌아갔다.

비로소 주변이 조용해지자 마상지는 회사와 사무실 위치를 적어 김두찬에게 보내주었다.

* * *

대부분의 사람들이 휴식을 즐기는 일요일.

그러나 김두찬은 쉴 수가 없었다.

그날은 오전부터 뷰티미닷컴의 의류 촬영이 있었고, 점심에는 인터뷰 네 건이, 오후엔 잡지 화보 촬영으로 바빴다.

이후엔 창작유희 사이트의 오픈 기념 파티를 조촐하게 열었다.

인원은 현재 연재를 진행 중인 주화란, 채소다, 그리고 김두찬 사단인 서로아와 그의 보호자 조선호가 전부였다.

정태조 역시 김두찬 사단이었으나 새로 들어가는 드라마 촬영으로 바빠서 참여할 수가 없었다.

대신 축하한다는 인사와 함께 매니저를 통해 현금 100만 원을 쾌척했다.

회식비는 전부 그것으로 해결하라고 통 크게 쏜 것이다.

김두찬을 이를 마다않고 감사의 말을 전했다.

사실 창작유희는 지난주 금요일에 오픈했다.

그런데 현상태 패거리가 설치는 바람에 그들을 잡느라고 김두찬이 영 신경을 쓰지 못했다.

하지만 오픈한 이후 지금까지의 성적이 제법 좋았다.

첫날부터 유저들이 어마어마하게 몰려들었고 갈수록 그 유입 수는 높은 폭으로 늘어갔다.

덕분에 주화란과 채소다의 연재 글도 성적이 괜찮았다.

물론 환상서에서 연재할 때만큼은 아니었지만 평균 조회수가 주화란은 3,000, 채소다는 3,500대가 나온 걸 보면 앞날이 희망적이었다.

새로 오픈한 플랫폼에서 새 연재 글의 평균 조회 수가 저 정도면 상당히 높은 편이었기 때문이다.

이런 일이 가능했던 건, 창작유희가 김두찬이 직접 만들어 오픈하는 플랫폼이라는 소문이 진작부터 퍼져 나간 덕분이다.

소문의 근원지는 김두찬의 팬카페에서부터 시작됐다.

김두찬은 창작유희 사이트가 마지막 테스트를 남겨둔 날, 자신의 팬카페에다 소식을 올렸다.

곧 자신이 연재 플랫폼 창작유희를 만들 것이며, 오픈 날 주화란과 서태휘 작가가 신작을 독점 연재할 것이라고.

그에 팬카페 회원 80만 명은 이 사실을 열심히 퍼 날랐다.

안 그래도 전국이 김두찬으로 떠들썩한 판국에 그가 독립

적으로 연재 플랫폼을 만든다는 얘기는 어마어마한 화제가 되었다.

인터넷 누리꾼들은 물론이고 기자들까지 이 사실을 기사화했다.

그렇다 보니 김두찬을 좋아하는 이들은 물론이고 주화란과 서태휘의 팬까지 창작유희의 오픈을 손꼽아 기다리게 됐다.

결과적으로 플랫폼은 대박이 났다.

해서, 오늘은 오픈 기념 파티이자 이를 자축하는 날이기도 했다.

축하 파티 도중에 모든 일을 끝내고 온 정미연도 합석을 했고, 만족스러운 휴일은 그렇게 마무리됐다.

*　　　*　　　*

결전의 날이 찾아왔다.

네이브 웹툰 신인개발팀 직원들은 곧 3시가 다가오자 상기된 표정을 감추지 못했다.

두두뉴비가 온다고 한 시간이 오후 3시였기 때문이다.

하 사원과 마상지를 뺀 모든 사람들은 '어디, 얼마나 잘난 인간이지 얼굴이나 한번 보자'며 눈에 쌍심지를 켰다.

지금 시각 2시 54분.

이제 6분 남았다.

정 주임은 이 오만방자한 양반이 과연 시간 개념은 제대로 박혀 있는지 궁금했다.

다들 일을 하는 척하며 슬쩍슬쩍 입구로 시선을 돌리기 바빴다.

째깍째깍.

오늘 따라 벽시계의 초침 소리마저 크게 들렸다.

3시가 다가올수록 묘한 긴장감이 사무실에 감돌았다.

"분명히 늦을 거야."

정 주임이 소곤댔다.

대부분 정 주임과 같은 생각을 했다.

째깍째깍.

이제 3시까지는 1분도 채 남지 않았다.

"거봐, 지각한다니까."

박 대리가 그럴 줄 알았다는 듯 고개를 주억거렸다.

한데 3시가 막 되려는 그때였다.

똑똑.

누군가 사무실의 문을 두들겼다.

그에 하 사원이 치마를 휘날리며 달려가 문을 벌컥 열었다.

그녀는 두두뉴비가 신인이 아니기를, 그렇게 막되어먹은 인간이 아니기를, 시간 개념이 투철하게 박혀 있기를 바랐다.

하 사원의 손에 열린 문 너머로 모든 직원들의 시선이 박혔다.

그곳에 서 있는 건 훤칠한 키에 홀릴 듯 아름다운 미모를 자랑하는 사내였다.

사람들은 그 압도적인 비주얼에 숨이 턱 막혔다.

그러다 누군가가 그를 알아보고 비명처럼 소리쳤다.

"꺄! 기, 김두찬 작가!"

그제야 하 사원도 김두찬을 알아봤다.

"기, 김두찬 작가님이 왜 여기에……?"

정 주임과 박 대리는 물론 모든 직원들이 이게 무슨 일이냐는 시선을 김두찬에게 던졌다.

그러자 김두찬이 차분한 음성으로 말했다.

"처음 뵙겠습니다. 오늘 계약하기로 한 두두뉴비입니다."

다리에 힘이 풀린 하 사원이 그 자리에 풀썩 쓰러졌다.

"대박이다……."

* * *

호록.

김두찬은 하 사원이 내어준 차를 음미했다

그는 지금 마상지와 응접실에 마주 보고 앉아 있었다.

응접실의 커다란 창 너머로는 모든 직원들의 시선이 김두찬에게 집중되어 있는 것이 보였다.

정 주임은 혼이 반쯤 나가 있는 것 같은 얼굴이었다.

"어떻게… 김두찬 작가가… 아니, 김두찬 작가가 왜 거기서 나와?"

"뭐 이런 일이 다 있냐."

"화면에서 보던 것보다 훨씬 잘생겼죠?"

"응. 나 너무 떨린다, 지금."

"난 이따가 사인 받으려고."

"저도 받을래요."

여직원들은 이미 김두찬에게 푹 빠져 들떠 있었다.

남직원들은 그런 여자들을 질투도 하지 못했다.

어느 정도 레벨이 같은 남자여야 질투를 하지.

자신들이 인간이라면 김두찬은 신이었다.

애초에 싸움이 되지 않는 게임이라 전의 자체가 상실됐다.

하 사원은 자기 손을 내려다보고서 헤죽헤죽 웃었다.

"내가 김두찬 작가님한테 차를 내어주다니."

그러자 정 주임이 하 사원의 눈치를 슬쩍 살피고서는 조용히 사무실을 나가려 했다.

하지만.

"정 주임님!"

"어, 어?"

하 사원이 그를 불러 세웠다.

"내기 잊지 않으셨죠?"

김두찬은 신인이 아니다.

이미 수많은 작품을 집필했고 대히트까지 시킨 유명 작가였다.

그러니 이 내기는 하 사원이 이긴 것이었다.

할 말이 궁해진 정 주임이 식은땀을 삘삘 흘렸다.

하 사원이 바짝 다가가서 손을 내밀었다.

"월급 반 지금 정산하시겠어요? 아님 다음 달에?"

"이… 야, 야! 김두찬 작가는 기성이긴 하지만 이 바닥에서는 신인 아냐! 그러니까 내가 이긴 거야!"

"네에? 아니, 내기 조건 어디에, '이 바닥에서'라는 단서가 붙었는데요?"

"그런 건 붙이지 않아도 상식이지, 상식!"

"어거지에요."

"아아, 모르겠고. 나는 이 결과 인정 못 하니까 그리 알아."

"그래요? 알겠어요."

하 사원이 순순히 수긍했다.

그에 정 주임을 비롯한 다른 직원들이 눈을 크게 떴다.

'어라? 그냥 넘어가?'

하 사원은 입사 때부터 돌아이로 유명했다.

그녀가 진짜 돌아이 짓을 하는 건 아니었다.

다만 상하 관계가 엄격한 회사 내에서 자신의 의견이 맞다 싶으면 상사가 뭐라고 해도 절대 굽히지 않았기 때문에 다들 돌아이라고 불렀다.

사실 하 사원의 행동은 잘못된 것이 아니었다.

자신의 신념을 꺾지 않기 위해 노력했고 옳다고 믿는 것을 관철하기 위해 싸웠을 뿐이다.

한데 그것이 회사에서는 문제가 됐던 것이다.

아무튼 한 번도 순순히 넘어간 적 없는 하 사원이 쉽게 꼬리를 내리니 다들 의아해했다.

그런데 그때였다.

하 사원의 손에 들려 있던 스마트폰에서 정 주임의 목소리가 흘러나왔다.

—그래 뭐, 내가 한발 양보해서 설사 이번 작품 무사히 끝낸다 해도 차기작에 엄청 중압감 느낄걸? 전작보다 뛰어난 작품을 만들고 싶을 테니까. 그러다가 자멸하는 코스 밟을 게 분명하다고.

—세 시 다 되어가는데 코빼기도 안 보이는 거 봐라. 싸가지하고는.

순간 정 주임이 놀란 토끼 눈을 하고서 하 사원의 스마트폰을 빼앗으려 들었다.

하 사원은 날렵하게 뒤로 물러나 응접실을 가리키며 물었다.

"이거 들고 응접실로 들어가서 플레이 한 번 더 시킬까요?"

"야, 이 자식아!"

"김두찬 작가님이 계약하러 왔다가 기분 나빠져서 계약 엎어버리면 그 화살이 다 누구한테 돌아갈까요?"

"지, 지금 상사 협박하는 거야!"

"먼저 치사하게 나왔잖아요!"

"끄응!"

정 주임이 신음을 흘렸다.

이쯤되면 보통 다른 직원들이 정 주임의 편을 들어주게 마련이었다.

해서 하 사원과의 싸움은 늘 피곤하긴 했어도 져본 적이 없었다.

그런데 이번에는 달랐다.

직원들이 한결같은 시선을 정 주임에게 던지고 있었는데 그 안에 담긴 뜻은 '빨리 하 사원한테 사과해!'였다.

정말 하 사원이 응접실에 가서 정 주임의 뒷담화를 플레이해 버리면 모든 것이 물거품이 되어버리고 만다.

김두찬은 대어 중의 대어다.

그는 많은 글을 써왔고 확실한 흥행 코드를 만들어낼 줄 안다.

그러니 '나를 싫어하는 사람들'이 후반에 가서 용두사미로 끝날 일은 걱정 안 해도 된다.

게다가 그의 네임밸류는 또 어떠한가?

한 작품 내기만 하면 기본이 20만 부다.

적 같은 경우 현재 80만 부의 판매고를 넘어섰다.

한데 그것은 오로지 종이책 스코어였다.

E—Book의 다운로드 수를 더하면 어마어마한 수치가 나타난다.

대한민국에서 모르는 사람이 없는 스타 작가가 웹툰을 들고 찾아왔다.

그것도 도전장에서 전무후무한 흥행 기록을 세우고 있는 대박 웹툰을 말이다.

이제 도장만 찍으면 되는 상황이다.

그런데 정 주임의 뒷담화로 판이 엎어지면 그는 대역 죄인이 되고 만다.

김두찬을 놓치면 회사로서의 손해도 만만찮다.

"후우, 알았다. 알았어. 내가 잘못했다."

결국 상황 파악을 끝낸 정 주임이 사과를 건넸다.

하지만 하 사원이 원한 건 그런게 아니었다.

"사과는 됐고요. 월급 반 주실 거죠?"

"야! 내가 사과까지 했는데……!"

"응접실 좀 들렀다 올게요."

"주, 줄게! 줘! 준다고! 내 월급 반! 주면 되잖아!"

"감사합니다. 그리고 방금 월급 반 준다고 소리치신 거 녹음해 뒀어요."

"철두철미한 독종 같으니라고."

정 주임이 씨근거리며 사무실을 나가 버렸다.

하 사원은 콧노래를 부르며 자기 자리에 앉았고 비로소 평화가 찾아왔다.

한편 김두찬은 응접실에서 계약서를 꼼꼼히 살펴본 뒤 인감을 꺼냈다.

마상지가 인주를 내주었다.

"마음에 드시나요?"

김두찬은 잔잔한 웃음을 베어 물고 고개를 끄덕였다.

별것도 아닌 그 작은 동작 하나에 마상지의 가슴이 쿵쾅하고 뛰었다.

'내가 왜 이러는 거야.'

그녀는 스물 중반이 넘어서부터는 단 한 번도 이성에게 가슴 뛴 적이 없었다.

오로지 일, 일, 일.

일만 하며 달려왔다.

연애나 결혼 같은 건 나중 문제였다.

우선은 자신의 커리어를 쌓아놓아야 훗날 인생이 편해진다, 라는 그녀의 철학이 그녀의 삶을 퍽퍽하고 치열하게 만들었다.

그래서 숱한 남자들이 그녀에게 들이대도 귀찮을 뿐이었다.

뿐만 아니라 텔레비전에 멋진 탤런트나 아이돌 가수가 나와도 별 감흥이 없었다.

남자는 지금 그녀에게 있어서 아무런 의미가 없는 존재였다.

그런데 김두찬에게만큼은 그녀의 가슴이 반응을 하고 있었다.

그도 그럴 것이, 잘생겨도 너무 잘생겼다.

단순히 잘생겼다는 말로는 김두찬의 미모를 다 담을 수 없었다.

대체 어떤 말로 저 얼굴을 표현해야 할지 몰랐다.

물론 얼굴이 전부인 사람도 있게 마련인데 김두찬에게는 그보다 더 사람을 끌어당기는 미친 매력이 있었다.

마상지는 이미 그에게 반 이상 홀린 상태였다.

겉으로는 냉정을 유지하는 척했으나 내면에서는 계속 김두찬에게 정신을 놓아버리려는 자신과 악전고투하는 중이었다.

만약 이 분위기에서 김두찬이 거래 조건을 자신에게 조금 더 유리하게 해달라 부탁하면 마상지는 과연 양보하지 않을 수 있을지 의문이었다.

하지만 김두찬은 별다른 사족 없이 인감을 모두 찍었다.

마상지는 겨우 한숨을 돌리고서 계약서 한 부를 김두찬에게 주고 다른 한 부를 자신이 가졌다.

"이제 끝난 거죠?"

김두찬이 물었다.

"네. 먼 길 오시느라 고생하셨어요."

"저보다는 제 매니저가 고생했죠. 운전하느라."

"네? 매니저가… 있으세요?"

"아, 소속사에서 배정해 줬어요. 성실하고 멋진 분으로요."

"맞다. 소속사 있는 작가님이셨죠. 그럼 오늘 우리랑 계약한다는 것도 알고 계신 건가요?"

"소속사 대표님만 알고 계시죠."

"작가님 개인으로 우리 회사랑 계약해도 문제 없나요?"

엄연히 소속사가 있는 사람인데 이게 문제가 되지 않는 상황인지 마상지는 의문이었다.

김두찬은 힘 있게 고개를 끄덕였다.

"네. 회사에서 이런 부분은 터치 안 하기로 했습니다."

"아, 그렇군요."

"작품 잘 봐주셔서 감사드려요."

"네? 아니에요. 저야말로 감사드려야죠. 그렇게 대단한 작품을 선뜻 맡겨주셨으니… 그런데 작가님."

"네."

"정말… 작가님께서 그림까지 직접 그리신 건가요?"

"스토리만 손댄 것 같나요?"

마상지는 솔직하게 대답했다.

"네. 이런 말씀 죄송하지만, 작가님의 나이를 보면 한 분야만 파왔다고 해도 대성을 하기가 힘든데 이미 작가로서 큰 업을 이루고 계시잖아요. 그런데 그림까지 이렇게 프로페셔널하기엔 현실적으로 무리가 있지 않나 싶어서요."

그 말을 듣고 김두찬은 잠시 말이 없었다.

마상지는 혹시 자신이 김두찬의 심기를 상하게 한 건 아닌가 싶어 마른침을 삼켰다.

계약서를 든 그녀의 두 손에 힘이 꾹 들어갔다.

숨막히는 긴장감이 그녀를 점점 더 옭죄어올 때, 드디어 김두찬의 입이 열렸다.

"마 팀장님. 혹시 꿀벌이 날 수 없다는 사실을 아시나요?"

"…네?"

"지구에 존재하는 어떤 과학 법칙을 대응해도 꿀벌은 구조상 날개가 너무 작아 날 수가 없다고 해요. 그런데 그들은 날죠. 현실적으로 무리가 있음에도 그걸 가능하게 만드는 힘은 어디에서 오는 걸까요?"

"그, 그게……."

마상지가 우물쭈물 말을 더듬었다.

항상 빈틈없고 딱 부러지던 마상지였다.

이런 그녀의 모습을 직원들이 보았다면 하나같이 경악을 금치 못했을 것이다.

"이미 세상엔 상식을 넘어서는 일들이 곳곳에서 벌어지고 있어요. 인간의 잣대가 절대적인 기준이 될 수 없다는 걸 인정한다면 저에 대한 의심도 쉽게 거둘 수 있을 겁니다."

"그렇… 겠네요."

김두찬이 계약서를 들고 자리에서 일어났다.

그에 마상지도 덩달아 몸을 일으켰다.

"가시려고요?"

마상지는 김두찬이 이곳을 떠나려 하는 게 아쉬웠다.

그래서 저도 모르게 그런 질문을 던졌다.

마상지는 스스로의 행동을 바로 후회하고 아랫입술을 깨물었다.

"네. 도전장에 올린 만화들은 바로 내리고 말씀하신 대로 다음 주부터 매주 월, 수, 금 3회, 연재 들어가도록 할게요."

"아, 저… 일주일에 3회 연재, 정말 가능하시겠어요? 너무 힘들 것 같은데."

"연재 늦어지거나 펑크 내게 될 경우 네이브에서 최초에 제시했던 계약 조건으로 일을 진행한다는 항목 추가 기입했으니 문제없지 않겠어요?"

"그건 그렇지만……."

"어기지 않습니다. 걱정 말아요."

그때 김두찬의 스마트폰이 울렸다.

발신자를 확인한 그가 전화를 받았다.

"네. 물건 가지고 들어오시면 됩니다."

"작가님, 물건… 이라니? 여기로요?"

마상지의 물음에 김두찬은 대답 대신 응접실을 나가며 따라 나오시라는 눈짓을 보냈다.

마상지는 뭐에 홀린 사람처럼 김두찬의 뒤를 얌전히 따라 나섰다.

사무실에 있던 직원들의 눈동자가 일제히 김두찬에게 향했다.

여인들은 황홀경에 빠졌고, 남자들은 경외심을 느꼈다.

김두찬이 그런 직원들 한 명 한 명에게 직접 다가가 자신의 작품을 좋게 봐주어서 감사하다며 인사를 건넸다.

신인에 싸가지 없는 작가라는 사람들의 생각은 이미 저 먼 우주로 날아가 버렸다.

김두찬이 모두에게 인사를 건넸을 무렵.

사무실 문이 열리며 장정 셋이 커다란 박스 여섯 개를 들고 들어섰다.

그들은 박스를 사무실 한편에 놓아둔 뒤 김두찬에게 인사를 건네고 퇴장했다.

김두찬은 박스를 가리키며 모두에게 말했다.

"이건 제 작품 잘 봐주신 데에 대한 작은 선물입니다. 마음에 드셨으면 해요. 그럼 이만 들어가보겠습니다."

김두찬이 작별 인사를 건네고 사무실을 떠났다.

그러자 직원들이 우르르 몰려들어 박스를 뜯었다.

그 안에서 나온 것은 최고급 사양의 노트북이었다.

개당 800만 원을 호가하는 노트북이 무려 12개나 튀어나왔다.

신인개발팀 직원 머릿수가 열둘이었다.

"개쩔어……."

노트북을 확인한 직원들은 전부 꿈이라도 꾸는 듯한 표정을 했다.

"티, 팀장님. 우리 이거 받아도 되는 거예요?"

마상지는 직원의 질문에 대답하지 못했다.

그녀의 시선이 김두찬이 떠난 사무실 입구로 향했다.

"김 작가님은 천사야."

하 사원이 노트북을 꺼내 품에 꼭 안으면서 좋아했다.

누구도 그런 그녀의 말을 반박하지 못했다.

다들 같은 심정이었기 때문이다.

Liking 99
'괜찮아' 프로젝트

화요일은 원래 공강인 날이다.

하지만 김두찬을 비롯, 같은 과 학생들은 모두 학교에 나왔다.

본래 어제 오후에 잡혀 있던 강의가 교수의 부득이한 사정에 의해 오늘로 미뤄졌기 때문이다.

거기에 대해 짜증 내는 학생들도 있었지만, 대부분은 이해하고 넘어갔다.

김두찬도 크게 대수롭잖게 생각했다.

그런데 강의실에 앉아 있는 주로미의 표정은 영 심각했다.

'강의 시간이 미뤄진 것 때문에 그러나?'

김두찬은 그리 생각했다가 고개를 저었다.

주로미는 겨우 이런 일로 기분 나빠할 여인이 아니었다.

하지만 그녀를 잘 모르는 사람도 있었다.

장재덕이 유령처럼 김두찬의 곁으로 다가와 귀에 대고 소곤댔다.

"두찬아, 로미 강의 시간 바뀌어서 뿔났나 보다."

"설마."

"설마가 사람 잡는다, 너."

"흠… 겨우 그런 일로 저렇게까지 심각하려고."

"겨우 그런 일이라니? 나도 짜증 나 죽겠구먼."

"너는 왜?"

"통째로 쉬는 날이 사라졌는데 그럼 안 짜증 나?"

"네가 요새 쉴 새가 있어?"

"…없지."

장재덕은 창작유희 사이트를 관리하느라 분주한 하루하루를 보내고 있었다.

학업과 동시에 진행하려니 잠을 줄이고, 게임을 그만두고, 술 마시는 횟수를 줄여야 했다.

하지만 그게 고되지는 않았다.

오히려 자신의 꿈을 향해 달려가는 것 같아 즐거울 지경이었다.

"야, 가서 한번 물어봐."

장재덕이 김두찬의 어깨를 툭툭 쳤다.

"뭘?"

"로미. 왜 그러는지."

제 입으로 휴일이 사라져서 짜증 난 거라 그러더니 다시 생각해 보니까 그게 아닌 것 같은 모양이었다.

평소 같았으면 친구들 사이에 둘러싸여 있어야 할 로미였다.

그런데 오늘은 흘러나오는 분위기가 여간 우울한 게 아닌지라 아무도 쉬이 다가가지 못했다.

안 그래도 로미가 신경 쓰였던 김두찬이 그녀 옆 빈자리에 앉았다.

"로미야."

"…어? 두찬아."

주로미는 무슨 생각에 빠져 있던 건지 이름을 불린 뒤 한참 후에 대답을 했다.

"무슨 일 있어?"

"아… 아무것도 아니야."

"정말?"

김두찬이 재차 물었다.

주로미는 억지 미소를 짓고서 고개를 끄덕였다. 하지만 이내 머리를 휘휘 저었다.

"너한테는 거짓말 못 하겠다. 그래, 무슨 일 있어."

그때 멀리서 눈치를 보던 장재덕이 갑자기 끼어들었다.

"설마 그 무슨 일이 황금 같은 휴일이 날아가 버린 것에 대한 짜증 같은 건 아니지?"

"깜짝이야. 재덕아, 엿들었어?"

"아니, 대놓고 들었어."

장재덕의 너스레에 주로미가 피식 웃었다.

"그래, 너도 들어. 어차피 하루 이틀이면 네 귀에도 들어갈 얘기니까."

"엥?"

장재덕이 눈을 두어 번 깜빡거리다가 화들짝 놀라 소리쳤다.

"로미야, 너 혹시! …헤어졌어?"

주로미가 고개를 서서히 끄덕였다.

"헐."

장재덕은 자신의 예상이 틀리길 바랐다. 하지만 정확히 들어맞았다.

주로미는 홍근원과 사귀고 있었다. 그리고 홍근원은 언제부터인지 장재덕과 긴밀한 사이가 됐다.

때문에 둘의 이별 소식은 주로미가 굳이 말하지 않더라도 언젠가는 홍근원을 통해 알게 될 터였다.

주로미의 입장에서는 지금 숨기는 것도 웃기는 일이라고 생각됐다.

김두찬은 이런 상황을 처음 접해보는지라 무슨 말을 해줘야 할지 난감했다.

하지만 장재덕은 달랐다.

"어쩌다가 그랬어?"

그가 일단 다짜고짜 경위부터 물었다.

"그냥… 그렇게 됐어."

"싸웠어?"

주로미가 고개를 절레절레 저었다.

"그럼?"

그녀는 잠시 뜸을 들이고서는 말했다.

"사랑만 가지고 다 된다는 건 동화 속에서나 나오는 얘기인 것 같아, 재덕아."

주로미는 두 사람이 헤어지게 된 경위를 짧게 얘기했다.

결국 그녀의 말을 축약해 보자면 원인은 일반인과 연예인 사이에 생기는 갭 때문이었다.

주로미는 최근 활발한 연예계 활동을 하고 있었다.

그렇다 보니 이런저런 루머들도 하나둘 생겨났다.

물론 그런 루머 때문에 홍근원이 주로미를 의심한 건 아니었다.

하지만 그가 견디기 힘들었던 건, 갈수록 자신의 삶과 멀어지는 주로미의 삶이었다.

주로미는 계속해서 바빠졌고, 현실에서 그녀를 만나기보다 브라운관으로 보는 날이 더 많아졌다.

촬영 때문에 바쁜 날은 종일 연락이 두절되는 건 당연지사였다.

어쩌다 예능 프로그램에 패널로 출연하게 되면 꼭 거기에 나온 다른 남자 배우, 혹은 아이돌과 러브모드를 형성하도록 진행자가 이끌었다.

홍근원도 남자인 이상 그게 다 짜여진 각본임을 알면서도 기분이 유쾌할 수는 없었다.

서로 자주 볼 수만 있었어도 그들은 파국을 맞지 않았을 터였다.

하지만 두 사람은 갈수록 함께하기보단 떨어져 있는 시간이 많아졌다.

몸이 멀어지니 마음도 멀어졌고, 결국 그들은 이별의 수순을 밟게 되었다.

"하아, 일반인과 연예인의 사랑이란 쉬운 게 아니구나."

"끝까지 잘해보려고 서로 노력했었어. 근데 근원이도 나도 사람이니까 한계라는 게 있었던 거야. 우리도 헤어질 수 있는 사이였다는 걸 너무 늦게 알았어."

주로미가 설렘을 처음 느낀 건 김두찬이었지만, 사랑이라는 것을 알게 해준 건 홍근원이었다.

그러나 결국 둘은 너무 다른 세상 속에서 발을 맞춰가지 못했다.

김두찬이 주로미의 착잡한 얼굴을 보며 생각했다.

'찾아보면 이별의 아픔으로 힘들어하는 사람들이 정말 많겠지.'

김두찬은 지금 누구보다 행복한 연애를 하고 있다.

하지만 모두가 자신과 같은 연애를 하는 것은 아니다.

헤어짐에 아파하는 사람이 있는가 하면 사귀고 있음에도 외롭다고 느끼는 사람 역시 있을 것이다.

서로 사랑의 크기가 다르기 때문이다.

남녀 간의 연애라는 건 늘 더 사랑하는 쪽이 약자가 된다.

인생 역전을 만나기 전 김두찬은 늘 약자였다.

연애는커녕, 시작하기도 전에 여자들에게 멸시의 시선을 받고 주눅이 들었다.

호감 가는 사람이 있어도 그 사람이 자신을 좋아할 리 없다는 걸 알기에 미리 포기하며 가슴 아파했다.

때문에 지금 자신이 얼마나 행복한 사람인지, 많은 것을 가지고 있는지 충분히 알 수 있었다.

아울러 그런 만큼 이 행복이 깨어지면 커다란 상실감과 아픔이 파도처럼 덮쳐 올 거라는 것 역시 짐작이 됐다.

생각이 깊어지니 아픔이라는 문제에 대해 더 깊게 고찰하게 됐다.

사람들에게는 여러 종류의 아픔이 존재한다.

사랑, 가족, 친구, 돈, 직장 등 우리 일상에 꼭 필요한 단어들이지만 그것 때문에 가장 많이 다치기도 한다.

아픔이나 상처 같은 것의 기준은 모두가 다르다.

나이, 성별, 스스로 처한 상황 등에 따라 천차만별이었다.

김두찬은 문득 그런 사람들의 아픔을 자신이 해결해 줄 수 있다면 하고 생각했다.

그러다 문득 상당히 괜찮은 프로젝트 하나가 떠올랐다.

김두찬은 주로미에게 대뜸 말했다.

"로미야, 창작유희라는 사이트 혹시 알아?"

"응? 아… 알고 있어. 네가 만든 곳이잖아. 접속해 봤어. 그리고 정말 대단하다고 생각했어."

이야기가 전환되자 주로미의 얼굴에서 우울한 기운이 조금 사라졌다.

"나, 내일부터 거기에 새로운 글 연재할 생각이야."

장재덕이 그런 김두찬을 말렸다.

"야야. 지금 로미 이별했다는데 네 신작 홍보할 때야?"

"아냐, 괜찮아. 재덕아. 나 정말 기대되거든. 이번엔 어떤 장르야?"

"힐링."

"힐링?"

"응."

힐링이라는 단어가 주로미의 가슴을 순간 콱 꼬집었다.

지금 그녀에게 무엇보다 필요한 것이 마음의 치유였다.

"아프고 힘들어하는 하는 세상 모든 사람들을 대상으로 힐링이 될 만한 짧은 산문 같은 글들을 적어서 매일 한 편씩 올릴 거야."

원래 김두찬은 내일부터 자신의 단편선만 올릴 예정이었다.

게시판도 이미 만들어져 있었고 연재에 필요한 단편작도 이미 10편이나 준비해 놓은 상황이었다.

한데 그것과 더불어 하나의 글을 더 동시 연재하기로 마음먹었다.

"그거 너무 좋겠다."

주로미가 기대하는 눈빛으로 말했다.

그제야 장재덕은 김두찬이 왜 이런 얘기를 꺼냈는지 이해할 수 있었다.

"너한테도 도움이 될 수 있을지 어떨지 모르겠지만 시간 나면 한번 봐봐."

"그럴게. 내일 언제부터 연재 시작할 건데?"

"음… 오늘 자정 넘어서 바로 업로드할 거야."

"응! 기다렸다가 꼭 볼게."

주로미가 오늘 본 것 중 가장 밝은 미소를 지었다.

어쩐지 김두찬의 글이라면 자신의 마음에 위안을 가져다줄 수 있을 것 같은 막연한 기대감이 들었기 때문이었다.

김두찬이 주로미의 웃음을 보며 반드시 좋은 글을 써내겠다고 다짐하던 그때였다.

[보너스 미션 발동. 확인하시겠습니까?]

YES/NO

네 번째 보너스 미션이 발동했다.

'드디어 나왔군.'

김두찬은 YES를 선택해서 보너스 미션을 확인했다.

[보너스 미션]

주로미의 우울도를 30 이하로 떨어뜨려라.[92/100]

이번 보너스 미션도 김두찬이 하려는 일과 연관되어 있는 것이었다.

하지만 과연 자신의 글이 주로미의 우울함을 달래줄 수 있을지 조금은 걱정이 됐다.

'우울도가 생각보다 너무 높은데.'

그러자 로나가 그에게 힘을 주었다.

—걱정하지 말아요. 두찬 님이라면 분명 로미 님의 마음을 달래줄 수 있을 거랍니다.

'그럴까?'

—물론이랍니다. 하지만 단순히 글만 가지고 부딪히기엔 오랜 시간이 걸릴지도 몰라요. 글도 좋지만 조금 더 명확하게 사람의 감성을 건드릴 수 있는 요소가 추가되면 금상첨화랍니다.

로나가 무슨 얘기를 하는 건지 김두찬은 대번에 캐치했다.

간단한 삽화까지 곁들이라는 것이었다.

둘 다 김두찬이 정말 잘할 수 있는 분야였다.

김두찬의 머릿속에서 새로운 프로젝트에 필요한 이야기들이 빠르게 만들어지기 시작했다.

* * *

집에 돌아온 김두찬은 바로 새로운 프로젝트의 작업에 들어갔다.

우선 이야기의 능력으로 머릿속에 떠오르는 소재들은 많았다.

그것들을 전부 글로 적은 뒤 거기에 어울리는 간단한 삽화들을 그려 나갔다.

간단한 그림들은 펜이 몇 번 움직이기만 하면 쉽게 쉽게 완성됐다.

소재들 역시 학교에서부터 죽 생각해 놨던 것들이라 망설임 없이 쏟아져 나왔다.

덕분에 2시간 만에 20개가 넘는 페이지를 완성할 수 있었다.

김두찬은 자신이 건드린 주제들을 쭉 살펴봤다.

이별, 시험 성적, 적은 월급, 바보 같은 짓을 해버린 날, 짝사랑, 성인이 되어서까지 정하지 못하고 있는 진로, 현실에 짓눌려 놓아버린 꿈, 다음 달 카드값, 누군가에 대한 시기, 질투, 타인에게 던진 험한 말, 애인 앞에서 창피했던 짓 등등.

그 종류가 실로 어마어마했다.

거기에 관한 글들을 산문처럼, 혹은 누군가의 사연처럼 두세 줄 내외로 짤막히 적은 뒤 밑에 삽화를 첨부한 것이다.

삽화 역시 사연을 재연하는 한 컷짜리 만화였다.

이 과정에서 김두찬은 사연을 재연해 주기 위한 새로운 캐릭터 하나를 만들어냈다.

캐릭터는 눈물 한 방울을 의인화시켜 놓은 형태였다.

단순히 이번 작업을 위해 급히 만든 캐릭터였는데 만들고 나서 보니 상당히 귀엽고 정감이 갔다.

'캐릭터 사업도 해봐?'

그런 생각을 하며 김두찬은 캐릭터의 이름을 '감정이'라고 지었다.

'어떠한 감정이든 차고 넘치면 눈물이 되어 흐른다'는 구절이 그가 집필한 책 몽중인에 있었다.

캐릭터의 기본 형태가 눈물 한 방울이었기에 거기에서 따왔다.

이제 연재 준비는 완벽히 끝났다.

남은 건 이 프로젝트의 이름을 정하는 것이었다.

잠깐 고민하던 김두찬은 장재덕에게 문자를 보냈다.

—재덕아. 게시판 새로 하나 만들어줘. 제목은 '괜찮아'로 부탁할게.

그렇게 괜찮아 프로젝트가 시작되었다.

하지만 김두찬은 괜찮아 프로젝트가 훗날 어떠한 파란을 불러일으킬지 당시에는 모르고 있었다.

* * *

김두찬은 '김두찬 단편선'과 '괜찮아' 게시판에 예약 글을 올려놓고서 잠을 청했다.

빠르게 수마에 이끌려간 그는 꿈을 꿨다.

그의 앞에는 낯선 세상이 펼쳐져 있었다.

하지만 어딘가 익숙한 곳이었다.

그곳은 하늘에 떠 있는 달이 두 개였다.

푸른 달과 붉은 달이 어두운 세상을 밝게 비추고 있었다.

김두찬이 이상한 기시감을 느낄 무렵 그의 앞에 놀라운 광경이 펼쳐졌다.

하늘에서 대기를 찢으며 운석이 떨어져 내리고 있었다.

김두찬의 마음이 다급해졌다.

저것은 이 행성의 모든 것을 파괴하고 없애 버릴 것이다.

막아야 한다.

하지만 막을 방도가 없었다.

무슨 수를 써도 운석은 대기권을 뚫고 내려와 그가 발 딛고 있는 행성에 충돌할 것이다.

김두찬은 그걸 알고 있었다.

미래를 예측하는 힘이 있는 건 아니었다.

꿈속이었기에 알 수 있는 것이라고 그는 생각했다.

"끝까지 막아!"

누군가 소리쳤다.

한데 그것은 김두찬이 늘 사용하던 한국어가 아니었다.
그렇다고 또 다른 외국어 역시 아니었다.
여태껏 한 번도 들어본 적 없는 언어였다.
외침에 반응이라도 하듯 김두찬의 몸이 하늘로 솟구쳤다.
현실에서는 절대 불가능했을 일이었다.
그는 날개도 없이 하늘을 날고 있었다.
운석이 빠르게 가까워졌고, 뜨거운 열기가 전신을 휘감았다.
"으아아아아아!"
김두찬의 입에서 기합이 터져 나왔다.
그리고.
"허억!"
눈을 떴다.
"하아. 하아."
김두찬은 침대에서 상체만 들어 올린 채 식은땀으로 샤워를 한 상태였다.
그가 주변을 둘러봤다.
자신의 방이었다.
동이 트기 전, 푸른 새벽이 그의 방 안까지 푸른빛으로 물들였다.
"후우우."

겨우 마음을 다스린 김두찬이 땀을 닦았다.

고작 꿈에 불과했지만 너무나도 생생했다.

마치 꿈이 아닌 현실에서 벌어진 일이라고 착각할 만큼.

아무래도 자각몽 능력의 부작용인 것 같았다.

"뭐가 이렇게 리얼해."

김두찬이 축축해진 몸을 이끌고서 화장실로 향했다.

차가운 물에 샤워를 하고서 옷을 갈아입었다.

스마트폰으로 시간을 확인하니 새벽 5시가 조금 넘어 있었다.

다시 잠이 올 것 같지는 않아서 컴퓨터 앞에 앉았다.

—악몽을 꿨나 보네요.

창작유희 사이트에 접속하려는데 로나가 말을 걸었다.

'응. 근래 꿨던 꿈 중에서 가장 리얼한 꿈이었어.'

—그랬던 것 같네요.

'무슨 꿈 꿨는지 다 알고서 물어본 거야?'

—두찬 님의 내면을 전부 들여다보고 있는데 모를 리가요. 다만 그 꿈이 악몽인지 아닌지가 궁금했을 뿐이에요.

'어딘지는 모르겠지만 달이 두 개 뜬 행성이었어. 그곳에 내가 서 있었고. 갑자기 운석이 낙하했는데, 막을 수 없다는 걸 알면서도 막으려 하는 그런 꿈이었잖아. 근데 이게 길몽으로 느껴질 리 있겠어?'

—꿈을 어찌 받아들이냐 하는 건 지극히 주관적인 것이니까요.

'아무리 그렇게 생각한다 해도 이건 악몽이지, 길몽일 수가 없어.'

—네네. 그렇다고 하면 그런 것이겠죠.

'어째 비꼬는 것 같다, 너?'

—기분 탓이랍니다.

김두찬은 몇 마디 더 하고 싶었지만 그만뒀다.

새벽부터 로나와 말싸움하며 힘 빼봤자 남는 것도 없었다.

'그나저나 이런 꿈은 드림 룰러 얻고 나서 처음이네.'

드림 룰러의 능력으로 김두찬은 자신의 꿈을 언제든 조종할 수 있었다.

한데 이번 꿈은 조종을 하고 자시고 할 새도 없이 정신없이 휘말리다가 끝나 버렸다.

때문에 다른 날 꿨던 꿈보다 조금 더 신경이 쓰였다.

'별거 아니겠지.'

어차피 꿈은 꿈일 뿐이다.

김두찬은 대단찮게 여기고 넘겼다.

그리고 창작유희 사이트에 접속해 김두찬 단편선 게시판을 열었다.

게시물은 자정에 올라온 글 하나밖에 없었다.

단편은 하나의 이야기당 1화 내지는 길어도 3화 안에서 이야기가 끝나는 식으로 구성되어 있었다.

처음 올린 이야기는 1화로 끝이 났다.

8천 자가량의 글 안에 흥미진진한 스토리와 기승전결이 빼곡이 담겨 있었다.

군더더기 없이 알짜배기만 압축해 놓은 듯한 글이었다.

조회 수는 이미 2만을 넘어섰다.

댓글은 500개가 달렸고 추천은 3천에 달했다.

선호작 수는 글 하나가 올라왔을 뿐이지만 1만이나 됐다.

주화란과 채소다가 연재하는 글은 선작 수가 이제 겨우 5천을 넘어섰다.

미리 연재했음에도 김두찬이 하루 연재한 것보다 반응이 늦었다.

확실히 김두찬의 네임밸류는 파급력이 상당했다.

'내가 생각했던 것보다 조회 수가 높아.'

김두찬은 많아도 1만 언저리를 생각했다.

그런데 그 두 배가량 되는 스코어를 뽑아낼 줄은 상상도 못 했다.

댓글들의 반응도 호평들로 가득했다.

만족한 김두찬이 이번에는 괜찮아 게시판을 열었다.

'괜찮아'의 조회 수는 단편선보다 7,000 정도 적은 1만 3천선이었다.

그런데 김두찬은 적잖이 놀라고 말았다.

1화에 눌린 추천이 5천에 댓글은 1천 개가 넘게 달렸다.

'뭐지, 이거?'

김두찬은 여태껏 많은 작품을 연재했지만 이런 반응은 처음이었다.

설마 악플로 도배가 된 건 아닌가 싶어 1화를 눌러 열어보았다.

그런데 댓글 중에 악플은 단 하나도 찾아볼 수가 없었다.

천이 넘는 댓글 전부가 좋은 얘기만 가득했다.

아픔을 치료하고 달래주는 글귀와 그림이 독자들의 마음을 건드린 것이다.

한데 이토록 반응이 좋음에도 실질적 조회 수가 단편선보다 낮은 건, 창작유희에 들어오는 독자들 대부분이 '소설'을 기대하기 때문이었다.

'이거… 광고만 잘 되면 전무후무한 기록을 세우겠는데.'

조회 수 대비 추천 수와 댓글 수가 역대 최고였다.

그만큼 독자들의 공감을 많이 끌어내고 있다는 얘기다.

조회 수가 높은데 댓글과 추천이 적으면 그건 곧 죽은 글이나 다름없다.

무료 연재를 할 때는 성적이 좋을지 모르나 유료 연재로 전환하는 순간 성적이 바닥을 치고 만다.

때문에 괜찮아 프로젝트는 지금 가히 돌풍을 일으키는 중이었다.

김두찬은 미리 준비해 뒀던 글 두 개를 더 업로드했다.

반응이 좋은 만큼 팍팍 밀어줄 필요가 있었다.

새로운 글이 올라오자마자 조회 수가 빠르게 올라갔다.

그와 비례해서 댓글도 무서운 속도로 달렸다.

이를 지켜보는 김두찬의 입가에 흐뭇한 미소가 어렸다.

*　　*　　*

주로미는 어젯밤부터 새벽까지 예능 프로그램을 촬영하고 있었다.

프로그램 컨셉이 야시장과 새벽 시장을 돌아다니는 것이었기에 밤샘 촬영은 당연한 일이었다.

주로미도 이제는 이런 불규칙적인 생활에 익숙해졌다.

일이 없을 때는 며칠씩 한가하다가도 일이 몰아치면 하루에 두세 시간도 채 못 잘 때가 많았다.

지금 한창 핫한 신예로 떠올랐음에도 이 정도인데, 톱스타들은 과연 쉴 시간이 있을까 싶었다.

"자! 조금 쉬고 클로징 따겠습니다!"

모든 촬영이 끝나고 이제 클로징만 남겨둔 상황.

주로미는 회사 차에 올라타 잠시 숨을 돌렸다.

정신없이 촬영에 임할 때는 괜찮더니 혼자 남아 고요해지자 또 홍근원의 얼굴이 떠올랐다.

동시에 가슴이 갑자기 아려왔다.

"하아."

저도 모르게 한숨을 내뱉은 주로미가 스마트폰을 만지작거렸다.

홍근원에게 연락을 할까 말까 몇 번이고 주저했다.

'근원이는… 견딜 만한가 보네.'

이별을 하게 된 지도 보름이 흘렀다.

그동안 홍근원은 주로미에게 단 한 번도 연락을 하지 않았다.

그게 주로미는 서운했다.

자기는 이렇게 힘든데, 그 사람은 아닌가 봐.

나만 아파하는 건가 봐.

그런 못난 생각이 주로미의 머릿속을 가득 채웠다.

몇 번이고 홍근원의 단축 번호를 누르려다가 아직 이른 새벽이라 자고 있을 거라 스스로를 다그치며 겨우 참았다.

'안 돼. 계속 근원이 생각만 하고 있잖아.'

생각을 하면 할수록 마음만 아팠다.

그걸 알면서도 계속 이 바보 같은 굴레에서 벗어나지 못하는 자신이 한심스러웠다.

주로미는 다른 걸 하면서 생각을 전환하기로 했다.

'웹툰이나 볼까? 나를 싫어하는 사람들 진짜 재미있던데.'

주로미가 네이브 도전장 코너에 접속했다.

그런데 '나를 싫어하는 사람들'의 연재 게시물이 사라졌다.

"어?"

분명 3화까지 연재되었었는데 지금은 공지 하나만 떡하니 올라와 있을 뿐이었다.

주로미가 공지를 탭했다.

공지의 내용은 '나를 싫어하는 사람들'이 네이브 웹툰과 계약을 하게 되어 다음 주부터 정식 연재된다는 것이었다.

게다가 연재 횟수는 일주일에 무려 3회였다.

"와… 대단하다. 어떻게 일주일에 3회씩이나 연재를 하지?"

주로미는 '나를 싫어하는 사람들'이 정식 연재를 하게 된 것이 반가우면서도 씁쓸했다.

당장 읽을 만한 웹툰이 사라졌기 때문이다.

그때 주로미의 머릿속에 창작유희가 떠올랐다.

김두찬은 오늘부터 창작유희에 힐링 글을 연재할 것이라 말했었다.

주로미가 바로 창작유희에 접속했다.

그러자 김두찬의 이름으로 열린 게시판이 두 개가 보였다.

"이게 힐링이겠네."

주로미는 바로 괜찮아 게시판을 클릭했다.

거기엔 세 개의 글이 업로드되어 있었다.

주로미가 1화를 열었다.

그 안에는 짧은 글귀와 아기자기하고 간단한 삽화가 담겨 있었다.

글귀 자체는 별것이 없었다.

그런데 그 글귀가 주로미의 마음속에 콱 틀어박혔다.

그녀는 저도 모르게 글의 마지막 구절을 소리 내어 읊었다.

"이별에 힘들어하는 내 모습이 바보 같아 보여도… 괜찮아."

누구든 할 수 있는 말이고, 누구라도 적을 수 있는 글이었다. 화려한 미사여구나 그럴듯한 포장이 없이 담백했다.

지금껏 김두찬이 써왔던 글과는 완전히 궤를 달리하고 있었다. 그야말로 힘을 쭉 빼고 적은 것 같은 느낌이었다.

그런데 그 담백한 글귀가 주로미의 마음 깊숙이 파고들어 왔다.

주로미는 지금껏 이별에 힘들어하는 모습을 보이지 않으려고 노력해 왔다.

힘들어하는 자신을 사람들이 보면 어떻게 생각할까 걱정이 되었다.

좋지 않은 모습은 주변 사람들에게 보여주기 싫었다.

그래서 참고 참았다.

그러다가 화요일, 학교에 갔던 날 결국 참았던 것이 터져 우울함을 지우지 못했었다.

그런데 김두찬의 글은 자신에게 힘들어해도 괜찮다고 말해주었다. 아울러 삽화에 그려진 캐릭터 감정이는 상당히 친근감이 들었다.

주로미는 2화와 3화도 연달아 읽었다.

그 안에 담긴 내용 역시도 1화와 비슷했다.

무얼 할지 모르고 방황할 때, 문득 내가 한심해 보일 때에 대한 이야기를 간략히 써놓고, 그것 또한 괜찮다는 말로 마무리되었다.

괜찮다.

이러해도 저러해도 괜찮다는 그 단어 하나가 자신의 가슴을 이토록 따뜻하게 어루만져 줄지 몰랐다.

"두찬아… 고마워."

주로미는 참았던 눈물을 흘리며 목놓아 울었다.

마냥 참고 견디지 않아도 괜찮다는 말이 그녀의 얼어 있던 마음을 녹여주었다.

*　　　*　　　*

마상지는 요즘 그녀답지 않게 멍해질 때가 많았다.

김두찬을 보고 난 이후로, 그의 모습이 머릿속에서 도통 떠나지를 않았다.

오늘도 한창 업무를 보다가 갑자기 홀로 생각에 잠겼다.

예전의 그녀였다면 상상도 못 할 모습이었다.

아마 누군가가 그녀를 부르지 않았다면 한참을 더 그러고 있을지도 모를 일이었다.

"마 팀장님!"

귓전에서 들려온 고함에 마상지가 화들짝 놀라 고개를 돌렸다.

그녀의 옆에는 하 사원이 서 있었다.

마상지가 미간을 찌푸렸다.

"상사 귀청 떨어지게 하려고 작정했어?"

"열 번을 불러도 대답이 없는데 어떡해요, 그럼."

"그랬어?"

"네."

"아… 미안. 무슨 일인데?"

"두두뉴비가 김두찬 작가라는 거 정말 안 밝히실 거예요?"

"김두찬 작가님이 원하지 않았어. 자기 이름 없이 도전하고 싶대."

"특이한 분이시네. 본명 넣고 가면 더 잘될 텐데."

"네임밸류 없이 자신의 순수한 실력으로만 승부하고 싶은 거겠지."

"의외네요."

"그럴 수도 있지 뭐."

"아니, 김두찬 작가 말고 팀장님이요."

"내가 왜?"

"평소의 팀장님이라면 어떻게든 더 웹툰이 흥행할 수 있는 쪽에 무게를 둘 텐데, 지금은 전혀 그런 모습이 보이지 않거든요."

"……."

"부탁하신 서류 여기에 둘게요."

하 사원은 서류 뭉치를 마상지의 책상에 놓고 자기 자리로 돌아갔다.

마상지가 서류 뭉치를 들고서 곰곰이 생각했다.

'진짜 내가 왜 이러지?'

김두찬을 만나고 나서부터 자신의 일상이 무너지는 것 같은 마상지였다.

Liking 100
행운 대방출!
86/

12월 7일, 목요일.

김두찬은 아침부터 환희에 젖어 있었다.

그의 손은 부지런히 마우스를 움직였고, 그의 눈은 모니터를 열심히 훑는 중이었다.

그가 보고 있는 건 '괜찮아' 연재 게시판이었다.

'괜찮아'의 흥행이 심상찮았다.

연재 3일 만에 평균 조회 수 3만을 돌파했다.

선작 수는 1만 5천이 넘었고, 추천 수는 평균 1만, 댓글은 각 게시물마다 7천 개를 넘어섰다.

그야말로 흥행 돌풍이었다.

김두찬 단편선의 스코어는 '괜찮아'와 평균 조회 수만 같을 뿐, 추천 수와 댓글 수는 반도 되지 않았다.

한데 '괜찮아'에 달린 댓글 중에서는 어설픈 한글과 영어, 일본어, 중국어 등등 다양한 국적의 언어가 보였다.

김두찬의 종이책은 미국에만 출판되었으나 E-Book은 10월부터 세계 여러 국가 언어로 번역되어 서비스되는 중이었다.

때문에 이제 김두찬의 팬들은 전 세계적으로 늘어가는 태세였다.

그중 김두찬을 격하게 추종하는 팬들이 한국 사이트로 넘어와 그의 글을 읽은 것이다.

물론 대부분은 한글을 몰랐다.

그래서 번역기를 돌려가며 읽는 경우도 있고, 한글을 공부하는 경우도 있었다.

그만큼 김두찬의 팬들에게 그의 신작은 가슴 떨리도록 기대되는 것이었다.

'터졌다.'

이번 글은 출판사에서 따로 신경을 써준 것도 아니었다.

그저 김두찬이 자체적으로 만든 사이트에서 묵묵히 연재를 했을 뿐이었다.

그런데 알아서 터져 버렸다.

그 바람에 졸지에 할 일이 늘어났다.

원래는 여유롭게 하루에 한 편 연재를 목표로 했지만 그것을 세 편으로 늘렸다.

당분간만 그렇게 유지할 생각이었다.

하지만 독자들이 이렇게나 좋아하니 앞으로도 하루 세 편을 이어나가기로 마음먹었다.

'당장 다음 주부터는 웹툰도 일주일에 세 번 연재를 해야 하는데.'

'괜찮아' 프로젝트와 김두찬 단편선에 웹툰까지.

한 사람이 소화하기엔 살인적인 스케줄이었다.

물론 김두찬은 그것을 전부 해낼 자신이 있었다.

다만 조금 고되겠다는 우려는 어쩔 수 없었다.

천하의 김두찬이라고 해도 지치지 않는 기계가 아니었으니 말이다.

아울러 요즘에는 이 회사 저 회사에서 애니메이션 시나리오 의뢰가 물밀 듯이 들어오고 있었다.

'내 친구 당끼'가 연일 시청률 고공 행진을 하며 캐릭터 상품까지 초대박을 터뜨렸기 때문이다.

그 바람에 캐릭터 원작자이자 저작권자인 김두찬의 통장에는 어마어마한 돈이 쌓여가고 있었다.

가만히 놔뒀어도 잘될 '내 친구 당끼'였는데, 문지심이 김두찬을 건드렸다가 성골이 무너지는 바람에 더더욱 화제가 되었다.

특히 그가 말한 외국에서 먹히지 않을 시나리오라는 발언은 올해의 망언 톱10 안에 들었다.

다즈니 스튜디오의 수장 레이 스미스가 김두찬의 시나리오 아리랑을 두고 올린 SNS 글 때문이었다.

결과적으로 문지심은 가만히 있는 김두찬을 건드렸다가 그의 이름값만 더 높여주고 만 꼴이었다.

이제 김두찬은 세계에서 먹히는 글을 쓰는 작가로 우뚝 서게 됐다.

게다가 애니메이션 판에서는 내 친구 당끼의 캐릭터 역시 김두찬이 디자인한 것이라는 소문이 파다하게 퍼졌다.

정감 가는 캐릭터에 그 캐릭터를 살려주는 완벽한 시나리오까지 뽑아내는 작가라니 어찌 탐내지 않겠는가?

애니메이션 제작사들은 애니메이션 자체의 흥행도 좋지만 캐릭터 사업으로 벌어들이는 수익을 더욱 좋아한다.

2D 애니메이션의 경우 26부작을 제작하는데 저렴하게 만든다고 해도 20억이 족히 든다.

그것을 지상파에 넘기면 겨우 적자가 안 나는 정도의 수익을 얻을 수 있다.

공중파가 아닌 케이블이나 종편에 납품할 경우 단가가 더

싸진다.

해서 캐릭터 상품에 자신이 있지 않은 이상은 지상파에 애니메이션을 납품하는 경우가 많았다.

하지만 김두찬을 영입하면 그대로 게임이 끝난다.

현재 아이 프로덕션의 주가 상승률만 봐도 이를 알 수 있었다.

아이 프로덕션은 설립되고 나서 한 번도 애니메이션 제작사 연 매출 TOP20 안에 들어본 적이 없었다.

그런데 현재는 TOP10 안에 들 정도의 수익을 냈다.

내 친구 당끼가 종영될 때쯤엔 분명 정상의 자리를 공고히 할 것이다.

실질적인 성적을 바로 알 수 있으니 애니메이션계에서 김두찬을 원하는 곳이 늘어났다.

그것은 곧 김두찬의 몸값을 더 높여주었다.

하지만 김두찬은 여러 제작사의 제의를 전부 거절했다.

웹툰에 집중하고 싶었기 때문이다.

게다가 '괜찮아'의 예상치 못한 흥행으로 더더욱 애니메이션에 손을 댈 시간이 없었다.

전에는 수업을 빼먹지 않고 꾸준히 나가던 학교 강의도 요새는 가끔 빼먹고는 했다.

오늘도 그랬다.

목요일엔 오후에 극작 실기 강의가 있었다.

하지만 김두찬은 그것을 들을 여유 시간이 나지 않았다.

뷰티미닷컴의 촬영과 회사 측에서 잡은 인터뷰만 다섯 건이었다.

게다가 오늘은 구리시 측에서 김두찬을 '구리시 문화 예술 분야 홍보대사'로 위촉해 위촉장을 받는 작은 행사까지 겹쳐 있었다.

김두찬은 이 스케줄을 오후 3시까지 전부 해결했다.

홍보대사 같은 건 자신과 먼 얘기인 줄 알았는데 위촉장을 받고 나니 기분이 묘했다.

오늘 오전에 있었던 인터뷰들도 바로 이 위촉장 건 때문에 잡혔던 것이다.

위촉장을 받고 난 오후에는 김두찬이 개인 시간을 내기 어렵다고 해서 사전에 인터뷰를 진행하게 됐다.

집으로 돌아온 김두찬은 홍보대사 위촉장을 방에 잘 진열해 놨다.

그리고 상태창을 열었다.

오늘, 위촉장을 받는 현장은 누구나 방문할 수 있도록 제한을 두지 않고 오픈했다.

그에 수많은 기자들과 구리시 시민들, 그리고 타 지역에서 넘어온 이들까지 몰려들어 장내가 미어터질 지경이었다.

그 안에서 김두찬은 새로운 능력을 무려 여섯 가지나 얻었다.

이미 김두찬에게 높은 호감도를 가지고 있는 시민들이 제법 많았던 것이다.

물론 그 여섯 가지 능력이 전부 쓸 만한 건 아니었다.

두 개는 겹치는 것이었고 두 개는 아무짝에도 쓸모가 없는 능력인지라 핵으로 치환했다.

그래서 김두찬이 얻은 능력은 결과적으로 둘이었다.

상태창에 새로 추가된 항목은 숙면(F)과 조각(D)이었다.

숙면은 바빠진 일상으로 피로감이 쌓이는 김두찬에게 반드시 필요한 힘이었다.

그의 육신이 남들보다 건강한 덕에 세 시간만 자도 피로감이 싹 사라지고는 했었는데 약간씩의 피로가 잔여물처럼 남아 쌓여왔던 모양이었다.

요즘에는 세 시간을 자고 일어나면 쉽게 눈이 떠지지를 않았다.

그래서 가만히 생각해 보니 드림 룰러의 능력은 숙면을 방해하는 요소였다.

꿈을 꾼다는 건 의식이 깊은 숙면을 취하지 못한다는 걸 뜻한다.

드림 룰러는 무조건 김두찬에게 꿈을 꾸도록 강요하는 힘이었다.

지금껏 김두찬이 적은 시간 수면을 취하고서도 버틸 수 있었던 건 워낙 심신이 건강한 덕분이었다.

해서 숙면의 랭크가 F였다.

조각은 예술 분야의 여러 가지 것들을 도전해 보겠다고 마음먹은 김두찬에게 더 없이 좋은 능력이었다.

그래도 조각은 손재주와 그동안 갖가지 능력으로 키워온 미술적 감각 덕분에 D랭크였다.

김두찬은 상태창에 둔 시선을 조금 아래로 내렸다.

그러자 지금껏 차근차근 누적되어 온 직접 포인트과 간접 포인트가 보였다.

직접 포인트는 10,952였고 간접 포인트는 21,200이었다.

김두찬은 보름이 넘는 시간 동안 직접 포인트과 간접 포인트를 하나도 사용하지 않았다.

적립하기 위해서라기보다는 거기에 신경 쓸 틈이 없을 만큼 정신없이 바빴기 때문이다.

특히 웹툰이 김두찬의 시간을 부족하게 만드는 큰 요인이었다.

웹툰은 소설보다 훨씬 손이 많이 가는 분야였다.

하지만 오늘은 모아놓았던 포인트를 사용해야 한다.

직접 포인트는 그렇다 쳐도 간접 포인트는 탈탈 털어야 했다.

오늘이 바로 간접 포인트가 리셋되기 전인 7일이기 때문이다.

간접 포인트는 매달 8일에 리셋이 되어버린다.

김두찬은 숙면과 조각에 간접 포인트를 1,200만 사용하고 나머지는 직접 포인트를 투자하기로 했다.

간접 포인트는 포인트 상점에서 룰렛을 돌려 더 큰 이득을 보는 게 가능하기 때문이다.

룰렛은 5,000 간접 포인트로 한 번을 돌릴 수 있었다.

'우선 간접 포인트 1,200과 직접 포인트 1,900을 숙면에 투자하겠어.'

김두찬이 총 3,100포인트를 숙면에 투자했다.

그러자 시스템 메시지가 주르륵 나타났다.

[숙면의 랭크가 E로 업그레이드됐습니다. 랭크 업 특전이 주어집니다. 수면을 취하는 동안 깨어 있을 때 받은 뇌의 스트레스가 기존보다 20%더 해소됩니다.]

[숙면의 랭크가 D로 업그레이드됐습니다. 랭크 업 특전이 주어집니다. 렘수면과 넌렘수면이 4~5회 반복되며 최상의 숙면을 취할 수 있게 됩니다.]

[숙면의 랭크가 C로 업그레이드됐습니다. 랭크 업 특전이 주어집니다. 신체적 불면 요소를 전부 제거해 불면증이 사라집니다.]

[숙면의 랭크가 B로 업그레이드됐습니다. 랭크 업 특전이 주어집니다. 잠이 들기를 원할 때 언제든 숙면을 취할 수 있습니다.]

[숙면의 랭크가 A로 업그레이드됐습니다. 랭크 업 특전이 주어집니다. 하루 세 시간의 숙면으로 모든 정신적 스트레스를 말끔히 해소할 수 있게 됩니다.]

'좋아.'

A랭크로 업그레이드된 숙면으로 인해 김두찬은 이제 더 많이 일하고 적게 자도 피로하지 않게 됐다.

다음으로 김두찬은 조각의 랭크를 올리기로 했다.

그 전에 D랭크까지의 특전을 살폈다.

[조각 특전]

—E랭크 특전: 조각 마스터리를 획득했습니다. 모든 조각의 기본 지식을 알게 되며, 기초적인 조각 활동이 가능해집니다.

—D랭크 특전: 모든 조각의 심화 지식을 알게 되며, 중급 조각 활동이 가능해집니다.

조각 미술에도 그 종류가 다양하다.

만약 김두찬이 얻은 능력이 3차원적 형태를 갖춘 환조였거나 평면 조각인 부조였다면 그 둘 중 한 가지 능력만 성장시키는 게 가능했을 것이다.

그런데 환조와 부조는 물론 모빌, 오브제, 아상블라주 같은 모든 것의 범주를 아우르는 '조각'이란 대전제적 능력을 얻었으니 이는 큰 행운이라 할 수 있었다.

'직접 포인트 2,800을 조각에 투자하겠어.'

김두찬이 직접 포인트를 소모해서 조각의 랭크를 올렸다.

[조각의 랭크가 C로 업그레이드됐습니다. 랭크 업 특전이 주어집니다. 알고 있는 지식을 창조적으로 조합해 조각에 응용하는 것이 가능해집니다.]

[조각의 랭크가 B로 업그레이드됐습니다. 랭크 업 특전이 주어집니다. 모든 조각을 전문가 이상 수준으로 만들어내는 것이 가능해집니다.]

[조각의 랭크가 A로 업그레이드됐습니다. 랭크 업 특전이 주어집니다. 머릿속에 그리는 모든 형태를 어떠한 조각법으로도 완벽하게 구현할 수 있게 됩니다.]

'오케이.'

숙면과 조각의 랭크를 모두 A까지 올렸다.

이제 남은 직접 포인트는 6,252, 간접 포인트는 20,000이었다.

'직접 포인트를 사용해서 A랭크 능력을 하나 더 업그레이드 할 수 있겠는데.'

무엇을 올리는 게 좋을까 살펴보다가 김두찬은 그것을 일단 뒤로 미루기로 했다.

우선은 포인트 상점부터 이용하고 나서 생각을 하기로 한 것이다.

김두찬이 포인트 상점에 접속하려고 했다.

그런데 그때.

'응?'

갑자기 시스템 메시지 창이 나타났다.

[보너스 미션]

주로미의 우울도를 30 이하로 떨어뜨려라.[54/100]

그것은 네 번째 보너스 미션의 진행 상황을 보여주는 메시지였다.

주로미의 우울도가 생각보다 많이 떨어져 있었다.

그때 기가 막힌 타이밍으로 주로미에게서 메시지가 도착했다.

—두찬아, 바쁜가 보네. 오늘 학교도 안 오고. 어지간하면 얼굴 보고 말하려고 했는데, 어제는 내가 학교에 없었고 오늘은 네가 안 나오고. 이러다

가 말할 타이밍 놓칠 것 같아서 메시지 보내. 고마워. 그 말 하고 싶었어. 네가 연재 중인 '괜찮아'가 정말 많이 도움이 되고 있어. 앞으로도 성실 연재 부탁할게.^^*

메시지를 확인하고 난 김두찬의 가슴이 뿌듯함으로 가득 찼다.

'괜찮아'는 그가 의도했던 대로 타인의 아픔을 위로해 주고 있었다.

물론 주로미의 우울도가 떨어진 것이 전적으로 '괜찮아' 덕은 아니겠지만, 큰 역할을 한 건 맞았다.

그녀가 '괜찮아'를 읽지 않았다면 여전히 우울도는 90 이상을 찍었거나 100에 다다랐을 것이다.

일전에 김두찬은 여동생 김두리의 스트레스를 하락시키라는 퀘스트를 수행한 적이 있었다.

당시 로나가 말하길 스트레스 수치가 100이 되어버리면 그 때부터 어떤 상황이 닥칠지 모른다고 경고했었다.

아마 김두리는 지금처럼 바르게 자라지 못하고 많이 엇나갔을 것이다.

비행 청소년이 되어 세상을 비관하며 컸을지도 모르는 일이다.

한데 우울함은 스트레스보다 더욱 큰 마음의 병이다.

우울증이 심해지면 자살을 하는 경우도 심심찮게 벌어진다.

따라서 주로미의 우울도를 낮춰주는 건 굳이 보너스 미션 때문이 아니더라도 김두찬에게는 큰일이었다.

'사흘 만에 저 정도로 하락했으면 나쁘지 않네.'

한 고비를 넘긴 기분이었다.

김두찬은 주로미에게 답장을 보낸 뒤 비로소 포인트 상점에 접속하고자 의지를 일으켰다.

[포인트 상점에 접속하시겠습니까?]

YES/NO

김두찬이 YES를 선택했다.

[포인트 상점에 온 것을 환영합니다. 원하시는 번호를 선택하세요.]

1. 100 직접 포인트를 1,000 간접 포인트로 산다.

2. 1핵을 10,000 간접 포인트로 산다.

3. 행운의 룰렛을 5,000 간접 포인트로 1회 돌린다.

고민하고 자시고 할 것도 없었다.

행운의 룰렛을 돌리기 위해 간접 포인트를 그렇게나 아껴왔었으니까.

김두찬이 3번을 선택했다.

그러자 허공에 저번에 봤던 커다란 룰렛이 나타났다.

총 30칸으로 동일한 크기로 나눠진 룰렛이었다.

그중 15칸은 쪽박, 12칸은 중박, 3칸은 대박이었다.

'절대로 쪽박에 걸릴 일은 없지.'

김두찬의 행운 랭크는 SS다.

게다가 S랭크의 특전으로 얻은 대길은 SS랭크가 되면서 힘이 강력해졌다.

10초 동안 250% 강화된 행운력을 발휘한다.

'시작하자.'

김두찬이 5,000 간접 포인트를 투자했다.

그러자 룰렛의 바늘이 빠르게 돌아갔다.

한참을 돌던 바늘에 서서히 힘이 빠지며 속도가 느려졌다.

쪽박과 중박의 지뢰밭을 몇 번이고 지나치던 바늘이 띄엄띄엄 있는 대박 칸마저 흘려 지나갔다.

김두찬이 바늘의 속도를 가늠해 봤다.

이대로라면 다음 대박 칸까지 겨우 도달하거나 중박에서 멈출 가능성이 높았다.

'중박 칸에서 얻을 수 있는 보상은 핵이나 랜덤 간접 포인트. 혹은 둘 다. 랜덤 간접 포인트의 경우 최대 1만 포인트까지 나온다.'

만약 간접 포인트가 1만이 나온다면 들인 포인트의 2배를 얻을 수 있으니 이득이다.

이것은 곧 룰렛을 두 번 더 돌릴 수 있다는 말이다.

하지만 1만 포인트가 나올 거라는 보장은 없고, 최악의 경우 핵 하나만 얻게 될지도 모르는 상황이다.

김두찬은 대길을 사용할까 말까 망설이다가 그냥 두기로 했다.

'확실하게 쪽박에 설 것 같지 않은 이상 중박까지는 그냥 간다.'

대길은 한 번밖에 사용할 수 없다.

그러니 중박까지는 그냥 두는 게 나았다.

룰렛의 바늘이 힘을 완전히 잃고 드디어 멈춰 섰다.

바늘 끝이 가리키는 곳은 중박 칸이었다.

그러자 바늘이 멈춘 중박 칸이 빙글 뒤집어지며 보상이 나타났다.

[간접 포인트 10,000]

'브라보.'

설마설마하던 그 보상이 나왔다.

김두찬의 간접 포인트가 5,000을 쓰고 10,000을 받아

25,000으로 늘어났다.

—어머나. 행운의 랭크를 SS까지 올린 보람이 있네요?

'그러게.'

—룰렛 계속 돌리실 거죠?

'물론이지.'

—좋아, 달리는 거랍니다! 이랴! 이랴!

이랴 이랴라니? 뭔가 찝찝한 기분 속에서 김두찬은 다시 간접 포인트 5,000을 투자해 룰렛을 돌렸다.

시원하게 돌아가던 바늘이 쪽박의 지뢰밭과 중박을 지나쳐 황금이 묻혀 있는 대박에 멈춰 섰다.

'그렇지!'

김두찬이 두 주먹을 불끈 쥐었다.

대박에서는 무엇이 나오든 이득이었다.

그래도 이왕이면 증강핵이 나오기를 바라며 김두찬이 두 눈에 힘을 줬다.

대박 칸이 뒤집어지며 보상이 나타났다.

[증강핵+1]

"좋아."

김두찬이 만족스러운 미소를 머금었다.

이제 룰렛을 돌릴 수 있는 횟수는 네 번 남았다.
김두찬은 연이어 룰렛을 돌리려다 말고 상태창을 살폈다.
핵이 3개나 있었다.
"왜 이 생각을 못 했지?"
김두찬은 핵 하나를 행운에 투자했다.
그러자 행운의 랭크가 일시적으로 랭크 SSS로 업그레이드 되며 시스템 메시지가 나타났다.

[행운의 랭크가 SSS로 업그레이드됐습니다. 랭크 업 특전이 주어집니다. 행운이 SS랭크보다 10% 증가합니다. 대길의 능력이 강화됩니다.]

핵을 사용함으로서 1분 동안 행운의 랭크가 SSS로 업그레이드됐다.
김두찬은 얼른 강화된 대길의 능력을 살폈다.

[대길—능력 사용 시, 15초 동안 행운이 300% 증가합니다. 15초를 원할 때 분배하여 사용하는 것이 가능합니다. 능력은 일주일에 한 번 사용 가능하며 매주 일요일 자정에 초기화됩니다.]

'허어.'

대길의 능력이 10초에서 15초로 늘어났고 증가하는 행운도 250에서 300으로 대폭 커졌다.

그런데 그것보다 김두찬의 눈을 사로잡은 건 15초를 분배해서 사용할 수 있다는 점이었다.

'그러니까 대길로 인해 주어지는 행운력 증가의 15초를 내가 원할 때 조금씩 나눠 쓸 수 있다는 거야?'

—그렇답니다. 만약 지금 대길을 활성화시키면 15초란 시간이 카운트된답니다. 그러다 10초가 남은 시점에서 카운트를 멈추면 남은 10초는 다시 어느 때고 사용 가능하답니다. 물론 그 10초 역시 여러 번 쪼개 사용하는 것이 가능하고요. 단, 자정이 지날 경우 남겨뒀다가 사용 못 한 시간은 모두 사라져버린답니다.

'그렇구나. 아, 지금 내가 대길을 사용하고 시간을 남겨뒀는데, 핵의 효과가 사라지면?'

—엄연히 핵의 일시적 상승효과로 얻은 능력이니 남겨둔 시간 역시 사라지겠죠?

그 말을 듣자마자 김두찬은 증강핵을 행운에 투자했다.

일시적 업그레이드가 되었던 행운의 랭크가 완벽하게 SSS로 자리 잡았다.

이에 로나가 칭찬을 했다.

—탁월한 선택이랍니다.

'이제부터가 본 게임이야.'

김두찬이 세 번째 룰렛을 돌렸다.

그리고 바늘이 힘을 잃어갈 때 대길을 사용했다.

15초의 시간이 활성화됐고, 3초가 흐른 시점에서 바늘은 대박 칸에 멈췄다.

'좋아!'

마치 내가 찍은 복권 번호가 들어맞는 듯한 짜릿함을 느끼며, 김두찬은 흐르던 대길의 시간을 정지시켰다.

대박 칸이 뒤집어지며 보상이 나타났다.

[직접 포인트 5,000]

직접 포인트를 5,000이나 얻었다.

랭크 A의 능력을 S로 업그레이드시키고도 남는 수치였다.

나쁘지 않았다.

김두찬이 연이어 룰렛을 돌렸다.

이번에도 대길의 힘을 4초간 투자해서 바늘이 대박에 멈추도록 유도했다.

그가 짜놓은 판대로 일이 흘러가니 짜릿짜릿한 재미가 있었다.

대박 칸에서 또다시 보상이 흘러나왔다.

[증강핵+1]

김두찬의 주먹이 불끈 쥐어졌다.

남은 간접 포인트는 10,000. 대길의 시간은 8초.

'한 번 돌릴 때 4초씩 나눠 쓰면 충분해.'

김두찬이 다시 한번 룰렛을 돌린 뒤, 바늘의 힘이 약해졌을 때 대길의 시간을 사용했다.

한데 이번에는 그 많은 행운의 힘을 받고서도 중박에 바늘이 멈췄다.

'역시 만능은 아니군.'

행운이 올라가는 건 행운이 벌어질 확률을 높여주는 것일 뿐, 무조건 행운이 터지도록 만들어주는 건 아니었다.

중박 칸에서 보상이 나왔다.

[간접 포인트 1,000]

얻게 된 보상도 별로 좋지 않았다.

남은 기회는 한 번.

김두찬이 마지막 룰렛을 돌렸다.

그리고 여태까지와 같은 방법을 사용했다.

다행스럽게도 마지막 룰렛 바늘은 대길의 남은 시간이 모두 소요되며 대박에 멈췄다.

바늘이 멈춰선 칸은 빙글 뒤집어졌다.

김두찬은 마지막 룰렛이 큰 행운을 가져다주길 바랐다.

그런 그의 바람이 이루어졌다.

[증강핵+1, 직접 포인트 3,000]

'후우우.'

김두찬이 긴장 풀린 한숨을 내쉬었다.

그가 의자 위에 축 처져서는 헤죽헤죽 웃었다.

누군가 다른 사람이 그러고 있으면 정신 나간 사람처럼 보이기 십상이었다.

하지만 김두찬에게는 그런 모습조차 화보였다.

김두찬은 얻게 된 보상들을 상태창을 통해 확인했다.

직접 포인트가 14,252.

증강핵이 2개였다.

간접 포인트는 이제 1,000이 남아 있었다.

김두찬은 포인트 마켓의 2번 시스템을 이용해 100 직접 포인트로 교환했다.

어차피 오늘이 지나면 사라져 버릴 간접 포인트.

남겨둘 필요가 없었다.

"끝났다."

—열심히 뽕 뽑느라 고생하셨습니다.

살짝 놀리는 듯한 로나의 말투에도 김두찬은 전혀 기분이 상하지 않았다.

얻은 게 많으니 하루 종일 먹은 것도 별로 없는데 배가 다 불렀다.

"이제 얻은 걸 다시 투자해 볼까."

김두찬은 일단 차고 넘치는 직접 포인트를 이용해 A랭크의 능력을 업그레이드하기로 했다.

상태창을 쭉 살펴보던 김두찬의 눈에 가장 먼저 들어온 능력은 모든 예술 작업에 필요한 연출력과 창작력이었다.

'연출력과 창작력에 직접 포인트를 각각 3,200 투자하겠어.'

[연출력의 랭크가 S로 업그레이드됐습니다. 랭크 업 특전이 주어집니다. '대중의 눈'을 얻었습니다.]

[창작력의 랭크가 S로 업그레이드됐습니다. 랭크 업 특전이 주어집니다. A랭크보다 10% 더 창작력이 높아집니다.]

연출력은 대중의 눈이라는 힘을 얻었으나 창작력은 기존의 랭크 업 시 올라가는 퍼센테이지가 5%에서 10%로 늘어난 것이 전부였다.

김두찬은 대중의 눈을 자세히 살폈다.

[대중의 눈—패시브 능력. 어떤 연출을 하든지 대중의 입장에서 객관적으로 살펴보는 것이 가능해집니다.]

'오호라.'

가뜩이나 흥행 불패의 신화를 쓰고 있는 김두찬이었다.

스토리텔링에 대중의 눈과 비슷한 특전이 있었기 때문이다.

한데 연출력에서조차 대중의 눈이라는 패시브 능력을 얻었으니 얼마나 더 좋은 작품들을 만들어낼 수 있을지 벌써부터 기대가 됐다.

이제 남은 직접 포인트는 7,952.

행운 대방출로 인해 부자가 된 그가 또 어디에 포인트를 투자할지 살피는데, 생소한 항목이 눈에 들어왔다.

'어? 사진 촬영?'

여러 가지 능력 중 사진 촬영이라는 능력이 보였다.

'아… 이거 레이첼 만났을 때 기자 중 한 분에게 얻었던 능력이었지.'

김두찬은 지금까지 상태창을 살펴보면서도 사진 촬영 항목을 번번이 놓치고 지나갔다.

크게 신경을 쓰지 않았던 것이다.

'보너스 미션의 성공을 대비해서 이걸 먼저 올려야 하나?'

그가 고민할 때였다.

지이이이잉―

책상 위에 올려둔 스마트폰이 몸을 떨었다.

"음?"

액정에는 낯선 데다가 이상한 번호가 떠 있었다.

Liking 101
미국으로

일전에도 이런 번호로 걸려온 전화를 받은 적이 있었다.

샘 레넌 감독의 전화였다.

한데 이번에는 번호가 달랐다.

김두찬이 전화를 받았다.

"여보세……."

그가 뭐라고 한마디 하기도 전에 스마트폰 너머로 괄괄한 중년인의 음성이 급하게 쏟아졌다.

—김두찬 작가가 맞습니까!

상대방은 유창한 영어를 구사했는데 말투가 공격적이었다.

"네, 맞습니다만. 누구시죠?"

김두찬이 영어로 질문했다.

그러자 예상치 못한 대답이 들려왔다.

—나 레이 스미스요!

레이 스미스.

전화를 건 사람은 다즈니 스튜디오의 대표였다.

그가 김두찬에게 직접 전화를 건 것이다.

김두찬은 조금 놀랐으나 이내 평정을 되찾고 대화를 이어 나갔다.

"아, 반갑습니다. 이렇게 전화로 인사를 나누게 되네요. 일전에 SNS 건은 정말 감사했……."

—아니아니! 그런 잡설은 접어둡시다.

레이가 김두찬의 말을 또 잘랐다.

상당히 성격이 급한 사람이구나, 하고 김두찬은 생각했다.

—계약할 겁니까, 말 겁니까?

"아리랑을 말씀하시는 거라면… 해야죠."

—그런데 왜 오지 않는 겁니까!

"네?"

—내가 시간만 넉넉했어도 바로 한국에 넘어갔을 겁니다. 당신 같은 천재는 십만에 한 명, 아니, 백만에 한 명 나올까 말까 한 인재니까. 그런데! '아나스타샤를 찾아서'의 무대 인사

로 도통 한국 갈 시간을 뺄 수가 없어요!

'아나스타샤를 찾아서'는 올해 디즈니에서 두 번째로 내놓은 작품이었다.

이미 한국에서는 개봉 첫 주에 400만 관객을 넘어섰고 첫날부터 줄곧 1위 자리를 놓치지 않았다.

평론가들도 대부분 호평을 늘어놓았고 누리꾼들 사이에서도 반응이 좋아 앞으로도 순항이 계속될 전망이었다.

애니메이션에 관심이 많은 김두찬 역시 이를 알고 있었다.

—당신도 내가 정신이 없으리라는 건 짐작하고 있겠죠?

"네, 그럴 것 같네요."

—그럼 김 작가님은 얼마나 바쁩니까?

"저도 근래는 세 시간 이상 자본 적이 없는 것 같네요."

—젠장, 그게 문제였군. 우리 둘 다 시간이 없었군요. 여유가 있었다면 날 만나러 올 생각을 했겠죠? 내가 그랬던 것처럼.

"그럼요."

사실 디즈니 스튜디오와의 계약 건에 대해서 까맣게 잊고 있었다.

하지만 사실대로 말했다가는 당장 욕이 날아올 것 같아서 거짓으로 둘러댔다.

—앞으로도 죽 시간이 없을 예정입니까?

"아뇨. 이제 수면을 조금 더 늘려도 될 것 같네요."

―그럼 여태 바빴던 일정이 계속 이어진다고 생각하고 수면 취할 시간 줄여서 날 만나러 올 의향이 있습니까?

레이의 말을 들으면서 김두찬은 속으로 웃음이 나왔다.

샘에게 그가 괴팍한 괴짜라는 얘기는 넌지시 들었는데, 그 말이 딱 맞는 것 같았다.

"그러도록 하죠."

―좋아요! 하하! 샘과 연락해서 보러 오도록 해요! 왕복 비행기 표값은 물론 미국에서 지내는 동안 모든 필요 비용을 내가 지불할 테니 몸만 오도록 하세요!

"아니, 그렇게까지 하실 필요는……."

―곧 뵙도록 하죠.

레이는 급하게 전화를 끊었다.

끊기는 전화기 너머로 사람들의 시끌벅적한 음성이 들려왔다. 그의 말대로 정신없이 바쁜 일정을 소화하는 중인 것 같았다.

"흠. 말 나온 김에 가보긴 해야겠네."

레이 스미스가 계약을 하자는데 꾸물거릴 이유가 없었다.

어차피 웹툰과 연재 글도 비축분은 충분한 상태였다.

며칠 정도 미국에 갔다 온다고 해도 타격이 되지는 않는다.

'게다가 지금은 웹툰 연재 전이기도 하고.'

웹툰은 다음 주부터 매주 월 수 금 연재가 된다.

그러니 첫 연재까지는 아직 나흘 정도 여유가 있었다.

'차라리 지금 미국을 갔다오는 게 낫겠다.'

쇠뿔도 단김에 빼랬다.

김두찬은 바로 인터넷으로 접속해 비행기 표를 알아봤다.

그러는 와중 샘 레넌에게서 전화가 왔다.

"샘 감독님, 잘 지내세요?"

—방금 레이한테 얘기 들었어요. 미국에 온다고 하셨다는데?

"네. 비행기 표 예매하려던 참이었어요."

—레이가 억지를 부려서 없는 시간 쪼개 오는 건 아닙니까?

"그런 건 아니에요."

—그 친구가 원체 성격이 급합니다. 좀 특이하기도 하고.

"네. 통화 한 번 한 것뿐인데 이해가 바로 가더군요."

—오늘 내일 중으로 넘어오실 생각인가요?

"그러려고요. 일정 잡히면 알려 드릴게요. 그런데… 지금 거기는 새벽 다섯 시 아닌가요? 아직 동도 트기 전인데 다들 일찍 일어나셨네요."

—그게 아니라 밤새워서 축하 파티를 벌이는 중입니다. 하하!

"축하 파티라 하면?"

—아나스타샤를 찾아서의 반응이 폭발적인지라 레이가 기념 파티를 주최했죠.

“그럼 레이 대표님이랑 같이 있는 겁니까?”

—맞아요. 지금 레이는… 기자들 틈바구니에서 열심히 입을 털고 있군요. 뭐, 이 기념 파티도 따지고 보면 일의 연장입니다. 먹고 마시며 놀자는 건 진짜 목적이 아니죠. 그 증거로 파티에 초대된 이들은 레이의 지인이 반, 기자가 반이거든요.

“파티가 끝나면 좋은 기사들이 파도처럼 쏟아지겠네요.”

—레이는 괴짜에다 짜증 나는 인간이지만 수완이 좋으니까요. 이런 자리에 초대된 기자들에게는 신사적으로 행동하죠.

“하하, 그런 것 같네요. 아무튼 알겠습니다. 비행기 일정 나오는 대로 연락드릴게요.”

—아마 자고 있을 테니 메시지 남겨주세요.

“어느 공항으로 가면 될까요?”

—아, 로스엔젤레스로 오세요. 픽업하러 갈 테니.

“네. 즐거운 파티 되세요.”

샘과의 통화를 끝낸 김두찬이 티켓팅을 하려다 말고 정미연에게 메시지를 보냈다.

혹시 일정이 된다면 함께 미국에 다녀오지 않겠냐는 물음이 담긴 메시지였다.

답장은 바로 왔다.

안타깝지만 이미 스케줄이 한가득이라 시간을 빼기가 어렵다고 했다.

그도 안타까웠지만 어쩔 수 없었다.

김두찬은 홀로 티켓팅을 끝냈다.

여권과 비자는 플레이 인과 계약을 한 이후 마련한 상태였다.

해외 출국 일정이 잡힐 수도 있으니 소속사 측에서 미리 신경을 쓴 것이다.

김두찬은 오늘 새벽 비행기 표를 끊었다.

인천공항에서 로스앤젤레스까지는 10시간이 조금 더 걸린다.

"해외에 간다니."

생각해 보니 김두찬에게 있어서는 이번이 첫 해외 방문이었다.

아울러 비행기 역시도 처음으로 타보는 것이었다.

처음 겪게 될 일들에 대한 기대감이 가슴을 설레게 만들었다.

"출발하기 전까지 최대한 할 수 있는 만큼 해놓자."

김두찬은 일렁이는 마음을 추스른 뒤 태블릿으로 웹툰 작업에 들어갔다.

* * *

"Welcome!"

미국 시간으로 새벽 1시가 조금 넘어서 로스엔젤레스 공항에 도착한 김두찬을 입국장에서 기다리고 있던 샘 레넌이 반겨줬다.

그의 곁에는 레이첼도 함께였다.

김두찬이 두 사람을 보고 반갑게 미소 지으며 다가가자 사방에서 플래시가 터졌다.

기자들이었다.

레이첼과 샘 레넌이 함께 움직이는 것을 본 기자들 몇몇이 두 사람을 따라붙어 공항까지 오고 만 것이다.

요즘 레이첼과 샘의 열애설이 불거진 상황이라 기자들이 달라붙는 건 어쩔 수 없는 일이었다.

사실 그 소문은 루머일 뿐이지만 연예부 기자들에게 그런 건 별로 상관없었다.

어떻게든 자극적인 기삿거리를 뽑아내면 그걸로 좋았다.

기자들은 그들이 연인처럼 다정한 모습을 연출해 주기를 바랐다.

아니면 함께 같은 비행기에 오르기를 원했다.

그러나 두 사람은 그저 담담하게 대화를 나눴을 뿐이며, 비행기를 타지도 않았다.

입국장에서 누군지 모를 동양인을 마중하는 게 전부였다.

"저 사람 누구야?"

"정보가 없는데. 아는 사람 있어?"

"누구지?"

"생긴 건 기가 막힌데."

"배우 아니야? 동양의 아이돌이라든가."

기자들은 김두찬의 정체가 무언지 몰라 혼란스러워했다.

그러나 셔터는 멈추지 않았다.

김두찬의 외모는 카메라에 담지 않고서는 못 배기게 만들 만큼 아름답고 완벽했다.

처음엔 샘과 레이첼에게 주로 향하던 기자들의 카메라가 이제는 김두찬에게 몰려 있었다.

세 사람이 발맞추어 공항을 나설 때도 기자들은 본래의 목적을 잃고 김두찬에게만 집중했다.

이를 본 레이첼이 입을 조금 내밀고 툴툴댔다.

"홈그라운드에서도 김 작가님 미모에 내 인기가 밀리네요?"

"하하하! 난 이미 예상했지."

샘이 크게 웃었다.

카메라들이 온통 김두찬에게만 몰리니 레이첼은 그가 반가우면서도 한편으로는 씁쓸했다.

어디를 가도, 어떤 사람들과 함께해도 늘 가장 밝게 빛나는 별이 바로 레이첼이었다.

이런 곁다리 대접을 받는 건 난생처음이었다.

샘은 미리 마련해 놓은 리무진으로 김두찬을 안내했다.

"와."

리무진을 실제로 보는 건 처음인 김두찬이 탄성을 흘렸다.

그 모습을 본 레이첼이 픽 웃었다.

"리무진은 처음인가 봐요?"

"네. 영화나 드라마에서만 봤지 이렇게 눈앞에서 보게 될 줄은."

"돈도 많이 버시면서 마음만 먹으면 언제든지 탈 수 있는 거 아니에요?"

"그렇긴 한데……."

김두찬이 이마를 긁적였다.

레이첼의 말이 맞긴 하지만 딱히 그럴 필요성을 느끼지 못했었다.

"난 김 작가님의 이런 면이 좋더라."

레이첼은 김두찬을 리무진 안으로 밀어 넣고서 옆자리에 딱 달라붙어 앉았다.

샘도 함께 의자에 앉고 난 뒤, 리무진은 공항을 벗어났다.

리무진의 뒤로 김두찬의 정체에 대해 토론을 벌이고 있는 기자들이 멀어져 갔다.

"와아, 멋지네요."

김두찬이 리무진의 내부를 둘러보며 감탄했다.

그곳은 완벽한 파티를 위해 꾸며진 작은 룸 같았다.

도저히 자동차 내부라고 생각할 수가 없었다.

레이첼이 어느새 샴페인을 따서 김두찬에게 권했다.

그는 레이첼이 내민 잔을 받아 들었다.

명품 라벨을 단 백만 원을 호가하는 샴페인이 김두찬의 잔에 채워졌다.

레이첼은 샘과 자신의 잔까지 채운 뒤 말했다.

"영국의 식민지에서 시작한 공룡 국가에 온 걸 환영해요. 건배!"

레이첼은 한국 발음으로 또박또박 건배를 외쳤다.

김두찬이 기분 좋게 두 사람과 잔을 부딪쳤다.

샴페인을 한 모금 넘긴 김두찬이 샘에게 물었다.

"그런데 어디로 가는 거죠?"

"레이의 집으로 갑니다. 삼십 분 정도면 도착할 거예요."

"그렇군요. 그나저나 이 리무진, 비싸 보이네요."

"레이가 다른 건 몰라도 허세 부리는 데는 일가견이 있으니 이런 리무진이 여러 대나 있죠."

"레이 대표님 소유였군요."

"운전하는 분도 레이의 매니저입니다."

자신의 얘기가 나오자 매니저가 룸미러로 윙크를 찡긋해 보였다.

"그 양반이 김 작가님 직접 모셔 오라고 리무진에 매니저까지 붙여준 거예요."

레이첼이 샘의 얘기에 한마디를 보탰다.

"그렇군요."

김두찬은 뭔가 황송한 대접을 받는 것 같은 기분이 들었다.

그때 김두찬의 눈앞에 시스템 메시지가 나타났다.

[보너스 미션]

주로미의 우울도를 30 이하로 떨어뜨려라.[42/100]

주로미의 우울도가 또 하락했다.

자정에 업로드한 '괜찮아'를 읽은 모양이었다.

이제 우울도 30의 고지가 얼마 남지 않았다.

연재 예약을 해놓고 왔으니 내일이면 보너스 미션을 클리어할 수 있을 듯했다.

그런데.

[보너스 미션]

주로미의 우울도를 30 이하로 떨어뜨려라.[33/100]

주로미의 우울도가 또 한 번 하락했다.

'어라.'

김두찬이 고개가 살짝 모로 꺾였다.

왜 갑자기 우울도가 계속해서 떨어지는 건지 의아해하던 그의 스마트폰으로 주로미의 메시지가 도착했다.

—두찬아. 괜찮아 하루에 다섯 편씩 업로드해 주면 안 될까?ㅠㅠ 하루에 세 편은 너무 감질난다. 나 지금 두 편 읽었는데 이제 한 편밖에 남지 않았어. 아까워서 못 읽겠어. 하지만 바로 읽을 거지롱. 헤헷. ^^*

'아, 이거구나.'

김두찬은 지금 괜찮아를 하루에 세 편씩 업로드하고 있었다.

주로미는 그것을 한 편씩 읽을 때마다 마음을 크게 위로받았다.

해서 우울도가 한 편당 10 가까이 크게 하락했던 것이다.

그리고 김두찬이 주로미의 문자를 받고 의문이 해결됐을 때였다.

[보너스 미션]

주로미의 우울도를 30 이하로 떨어뜨려라.[29/100]—클리어!

주로미의 우울도가 30 이하로 떨어졌다.

'됐다!'

[보너스 미션을 클리어했으므로 보상이 주어집니다. 두찬 님의 능력 중 하나가 무작위로 한 단계 업그레이드됩니다.]

[보상이 주어졌습니다.]

Liking 102

Show Window Princess

[지력의 랭크가 S로 업그레이드됐습니다. 랭크 업 특전이 주어집니다. 세계 도서관에 접속할 수 있게 됩니다.]

[퀘스트: 다섯 가지 보너스 미션을 모두 클리어해라. 4/5]

네 번째 보너스 미션을 클리어했다.

그에 대한 보상으로 지력의 랭크가 A에서 S로 업그레이드됐으며 세계 도서관이라는 능력을 얻었다.

'하, 다행이다.'

김두찬의 능력 중엔 유일하게 랭크가 F인 사진 촬영이 있었다.

그것을 올린다는 것이 레이에게 전화가 오는 바람에 출국 준비를 하느라 깜빡하고 말았다.

한데 그사이에 로미의 우울도가 이렇게나 빨리 하락할 줄은 몰랐다.

천만다행으로 네 번째 퀘스트가 업그레이드시켜 준 능력은 지력이었다.

김두찬은 지력을 지금도 편리하게 사용하고 있다.

주로 기억력과 콜라보를 하는 데 쓰인다.

김두찬이 알지 못했던 방대한 자료들을 기억력으로 사진처럼 각인한 뒤, 지력의 힘으로 그 자료들을 소화해서 자신의 지식으로 만드는 것.

이 힘으로 김두찬은 짧은 시간 동안 어마어마한 지식을 머릿속에 담을 수 있었다.

그 지력이 보너스 미션의 성공으로 S랭크가 되었다.

더불어 세계 도서관이라는 능력까지 생겼다.

'세계 도서관? 이건 뭐지.'

김두찬이 능력을 자세히 살피려 하는데 그보다 먼저 로나의 음성이 들려왔다.

—세계의 모든 지식이 담겨 있는 도서관이랍니다.

생각지도 못했던 대답에 김두찬은 잠시 멍해 있다가 말을

이었다.

'그런 게 지구에 존재한다고?'

―그럴 리가요. 인생 역전 게임 안에서 만든 가상의 공간이자 대규모 데이터베이스랍니다. 김두찬 님은 그곳에 접속할 수 있게 된 거고요.

역시나 인생 역전!

늘 상상 이상의 것들을 보여주었다.

이미 김두찬은 인생 역전을 겪어오며 숱하게 놀라왔다.

그럼에도 매번 새로운 능력을 접할 때마다 전과 다름없이 놀라곤 했다.

세상의 모든 데이터베이스가 담겨 있는 도서관이라니?

거기에 접속하면 원하는 모든 정보들을 손에 넣을 수 있다는 말 아닌가?

그런 건 생각해 본 적도 없었다.

'어떻게 사용하는 거야?'

―그건 스킬을 자세히 보시면 적혀 있을 거랍니다.

방금 전까지는 물어보지 않아도 먼저 대답해 주더니 이번에는 알아서 스킬 설명을 보라고 한다.

그런 로나를 김두찬은 변덕이 죽 끓듯 한다기보단 종잡을 수 없다고 생각했다.

그녀는 지구인의 상식과 틀에 맞춰 판단해서는 안 되는 외계인이었다.

김두찬이 세계 도서관을 살펴봤다.

[세계 도서관—액티브. 사용하면 15분 동안 세계 도서관에 접속해 원하는 정보를 마음껏 열람할 수 있다. 하루 한 번 사용 가능하며 매일 자정에 리셋된다.]

'하루 한 번이라니. 상당히 파격적인데?'

—끝내주는 능력이랍니다.

'그럼 세계 도서관에는 사람의 개인 정보 같은 것도 다 담겨 있는 건가?'

—그 누구의 비밀까지도 전부 다 담겨 있어요. 물론 개개인이 속으로 하는 생각까지는 데이터베이스화시키지 못하지만, 사람들이 말하고 행동한 것에 대해서는 전부 담겨 있답니다.

'개인 SNS 같은 것도 열람이 가능하다는 거잖아?'

—SNS도 행동의 범주에 속하는 것인 만큼 데이터베이스화되는 것이 맞답니다.

'최고야, 이거.'

김두찬은 지금 그 어떤 해커보다 무서운 능력을 갖게 된 것이나 다름없었다.

생각 같아서는 당장 세계 도서관을 사용하고 싶었지만.

"나도 진짜 궁금한데, 아리랑. 샘 감독님이 외부 유출 금지라고 끝까지 안 보여주는 거 있죠?"

"하하, 그랬군요."

샘과 레이첼이 계속해서 말을 거는 바람에 그럴 수가 없었다.

대충 대꾸를 해주면서 능력치를 올리는 건 가능했다.

그러나 세계 도서관은 접속하는 순간 15분 동안 현실의 김두찬은 멍해져 있을 것이 분명했다.

김두찬은 두 사람과 적당히 대화를 하며 사진 촬영의 능력도 올려놓기로 했다.

현재 그의 간접 포인트는 1,000, 직접 포인트는 8,952가 남아 있었다.

'사진 촬영에 간접 포인트 1,000과 직접 포인트 2,100을 투자하겠어.'

[사진 촬영의 랭크가 E로 업그레이드됐습니다. 랭크 업 특전이 주어집니다. 사진 촬영 마스터리를 얻었습니다. 모든 종류의 사진 촬영기기의 사용법을 알게 됩니다.]

[사진 촬영의 랭크가 D로 업그레이드됐습니다. 랭크 업 특전이 주어집니다. 노출과 초점 조리개, 셔터를 능숙하게 다루게 됩니다.]

[사진 촬영의 랭크가 C로 업그레이드됐습니다. 랭크 업 특전이 주어집니다. 렌즈와 필터를 완벽하게 이용하고 적재적소에 이용해 원하는 느낌을 사진에 담을 수 있게 됩니다.]

[사진 촬영의 랭크가 B로 업그레이드됐습니다. 랭크 업 특전이 주어집니다. 조명을 이해하고 순광, 반역광, 역광의 이용에 능숙해집니다.]

[사진 촬영의 랭크가 A로 업그레이드됐습니다. 랭크 업 특전이 주어집니다. 카메라의 종류와 날씨, 피사체와 배경이 무엇이든 상관없이 원하는 느낌을 사진으로 담아낼 수 있게 됩니다.]

'됐어.'

이제 완벽하게 모든 능력들이 A랭크 이상으로 업그레이드됐다.

김두찬은 비로소 편안한 마음으로 대화에 집중할 수 있었다.

한참 이런저런 주제로 떠들던 세 사람은 잠시 소강상태에 빠졌다.

그들의 시선은 자연스레 정면에 위치한 모니터로 향했다.

그리 크지 않은 모니터에서는 계속해서 뉴스가 흘러나오고 있었다.

마침 그들이 뉴스에 집중했을 때는 누군가의 약혼 파티에 관한 기사가 흘러나오는 중이었다.

개인의 약혼을 뉴스에서까지 다룰 정도라면 제법 이름 있는 가문의 사람들이라는 것이다.

와튼버그 가문의 노아 와튼버그(Noah wattenberg)와 허스트 가문의 비비안 허스트(Vivian hearst)가 내일 저녁 약혼 파티를 연다. 두 가문은 국내의 유명 인사와 기자들을 파티에 초대했다.

그것이 뉴스가 전한 내용의 핵심이었다.

와튼버그 가문과 허스트 가문이라면 김두찬도 익히 알고 있는 바였다.

미국 100대 부자 가문 리스트에 당당히 이름을 올린 가문들이다.

"약혼식이 벌써 내일인가?"

샘이 턱수염을 문지르며 혼잣말처럼 내뱉었다.

그러자 레이첼이 그에게 물었다.

"감독님도 초대받았죠?"

"레이첼도?"

"네."

"하하, 내일 또 반가운 얼굴을 보겠군."

"말 나온 김에 김 작가님도 모셔가면 어떨까요?"

"그거 좋겠군."

"제가요?"

김두찬이 눈을 끔뻑거렸다.

일면식도 없는 사람들의 약혼 파티에 간다는 게 영 이상했다.

"초대된 사람들만 가는 거 아닌가요?"

"그렇긴 한데 김 작가님 정도면 프리패스될 거예요."

레이첼의 말에 김두찬이 고개를 저었다.

"여기는 한국이 아니잖아요."

이제 한국에서는 김두찬을 모르는 사람이 거의 없다고 해도 과언이 아니다.

하지만 미국에서 김두찬이라는 이름은 이제 겨우 마니아들 사이에서 퍼져 나가는 수준이었다.

그의 종이책과 E—book이 상당한 판매고를 자랑한다 해도, 미국 전역의 인구수에 비하면 대단할 건 없었다.

그래서 괜히 따라갔다가 불청객만 되어버리면 어쩌나 걱정이 됐다.

100대 부자 가문끼리의 약혼 파티라면 초대되는 면면들도 하나같이 정재계 유명 인사들이나 잘나가는 연예인일 것이다.

하지만 김두찬은 미국에서 아직 아무것도 아니었다.

"괜찮아요. 아직 모르는 사람이 더 많지만, 김 작가님 글은 디즈니와 계약을 맺을 거잖아요."

"내가 메가폰을 들 차기작의 시나리오도 김 작가님이 집필한 것 아닙니까? 그 정도면 프리패스 자격 충분합니다."

"무엇보다 나랑 샘 감독님이 추천하는 사람인데? 아무 제지도 없이 들어갈 수 있을 거예요."

"그들이 그럴 깡이 있을까? 우리 기분 잡치면 그냥 돌아갈 텐데?"

레이첼과 샘이 번갈아 가며 한마디씩 했다.

그들이 저렇게까지 자신하는 걸 보니 김두찬은 자신이 함께해도 별문제는 생기지 않겠거니 싶었다.

하지만 굳이 갈 필요가 있나 하는 생각이 드는 것도 사실이었다.

그러다 한 가지 행동강령이 김두찬의 머릿속을 지배했다.

'무엇이든 한 번은.'

김두찬이 작가로서 첫발을 디딜 때 그의 길잡이가 되어주었던 다짐.

그리고 지금까지도 지켜오고 있는 다짐이 다시 한번 그를 새로운 길로 이끌었다.

"같이 갈 거죠?"

"그렇게 해요, 김 작가님."

연신 김두찬에게 파티에 함께할 것을 제안하는 두 사람을 보며 그가 고개를 끄덕였다.

"네, 같이 가요."

김두찬이 긍정적인 답변을 내놓았을 때, 쉼 없이 움직이던 리무진이 드디어 멈춰 섰다.

그리고 문이 열렸다.

"다 왔군."

샘이 만면 가득 미소를 머금고서 먼저 내렸다.

그 뒤를 레이첼이, 마지막으로 김두찬이 따라 내렸다.

"와."

리무진에서 나오자마자 눈에 들어온 광경에 김두찬이 탄성을 뱉었다.

그가 서 있는 곳은 저택의 정원이었다.

그런데 정원이라고 하기에는 너무 넓었다.

차라리 관리가 잘되어 있는 어느 공원 안에 서 있는 것 같았다.

한편에는 넓은 호수까지 보였다.

뿐만 아니라 사방 곳곳에 대리석으로 만들어진 조각상들이 웅장하게 서 있었다.

조각의 능력이 A랭크까지 올라간 김두찬의 눈에는 그 조각상들이 각기 다른 장인의 손에서 탄생한 것이라는 게 보였다.

그리고 정원의 중심을 잡고 있는 저택은 성에 가까웠다.

'대체 방이 몇 개야?'

3층으로 이루어진 저택은 디귿(ㄷ) 자 모양으로 양쪽이 꺾인 형태였는데 거기에 달린 창문의 수를 다 헤아리기도 힘들 정도였다.

그 저택의 중앙에 달린 문이 열리며 드디어 김두찬을 초대한 주인공이 모습을 드러냈다.

깡마른 체구에 날카로운 얼굴을 한 중년인은 황금색 파자마를 입고서 바쁜 걸음으로 걸어 나왔다.

김두찬이 샘 레넌 감독에게 눈빛으로 물었다.

'저분이 레이 스미스 대표님인가요?'

샘 레넌이 방긋 웃는 것으로 대답을 대신했다.

"황금 파자마라니……."

김두찬은 저도 모르게 중얼거렸다.

레이첼이 그것을 듣고 피식 웃었다.

"참 특이한 패션 센스죠?"

"범인이 아닌 건 틀림없네요."

"괴짜죠."

레이는 마치 일생일대의 원수를 만난 것처럼 성난 걸음으로 다가와 지척에 서더니 오른손을 내밀었다.

모르는 사람이 봤다면 그대로 김두찬의 뺨을 한 대 치려나 보다 생각할 만큼 공격적인 동작이었다.

하지만 레이의 손은 김두찬의 가슴께에서 멈췄다.

그리고 주먹을 쥐는 대신 손을 쫙 펴고 있었다.

악수를 청한 것이다.

김두찬이 그가 내민 손을 잡았다.

"환영하오! 김두찬 작가! 듣던 것보다 더럽게 잘생겼군. 여자들이 나 먼저 건드려 달라고 백이면 백 궁둥이부터 들이대겠어."

레이의 과격한 인사말에 김두찬은 당황했지만 티를 내지 않고 마주 인사를 건넸다.

"처음 뵙겠습니다. 레이 스미스 대표님."

"들어오시오! 내 궁전으로."

레이는 잡았던 손을 놓고서 몸을 휙 돌렸다.

그러더니 김두찬을 마중 나왔던 것만큼 빠른 걸음으로 저택을 향해 돌진했다.

이를 지켜보던 샘이 쿡쿡댔다.

"저 친구 은근히 맘이 급했군. 원래는 저렇게까지 서두르지 않거든. 김 작가님이 마음에 든 겁니다."

"전 전혀 모르겠네요."

"어서 들어가요. 꾸물거리면 바로 욕부터 날아와요."

레이첼이 샘과 김두찬에게 동시에 팔짱을 끼고서 레이의 뒤를 따랐다.

김두찬은 한국인 최초로 다즈니 스튜디오 대표 레이 스미스의 궁전 같은 저택에 발을 들여놓게 되었다.

*　　　*　　　*

그녀는 칼을 들고 있었다.

서슬 퍼렇게 빛나는 칼날이 그녀의 팔목을 향해 천천히 다가갔다.

요란한 소리는 나지 않았다.

잘 벼려진 칼날이 그녀의 손목을 깊이 벴다.

주르륵.

칼날이 지나간 자리가 쩍 벌어지며 피가 흐르는가 싶더니 분수처럼 솟구쳤다.

그녀는 무감정한 얼굴로 자신의 팔을 보고 있다가 천천히 눈을 감았다.

이대로 다시 눈을 뜨면 모든 것이 끝나 있기를 빌었다.

하지만, 눈을 떴을 때 그녀는 피 한 방울 묻지 않은 깔끔한 자태로 침대 위에 누워 있었다.

꿈이었다.

벌써 며칠째 같은 꿈을 반복해서 꾸고 있었다.

스스로 팔목을 베어 자살하는 꿈.

현실에서는 차마 하지 못할 짓을 꿈속에서는 몇 번이고 거

듭했다.

요즘 그녀의 심경이 조금 복잡한 건 사실이었다.

하지만 그렇다고 자살을 하는 꿈까지 꿀 건 아니었다.

그것이 한두 번이 아니라 여러 번 반복되다 보니 슬슬 꿈이 무언가를 암시하는 건 아닌지 걱정이 되는 그녀였다.

"하아."

결국 여느 날과 다름없이 그녀는 한숨으로 하루를 열었다.

똑똑.

그러자 밖에서 그녀의 기침을 기다리고 있던 집사 브래드가 노크를 했다.

"비비안 아가씨, 일어나셨습니까?"

기품 있는 중년인의 중후한 음성이 문을 넘어 들려왔다.

"일어났어요."

기운 빠진 음성으로 대답을 하며 비비안 허스트는 다시 한 번 한숨을 내쉬었다.

"내일은 중요한 날입니다. 그러니 오늘은 일찍부터 바쁘게 움직이셔야 합니다."

중요한 날.

그래, 아주 중요한 날이다.

무려 미국 100대 부자라는 리스트 안에 이름을 올린 두 가문의 자제들이 약혼을 하는 날이니까.

하지만 비비안은 이 약혼을 원치 않았다.

당장에라도 도망가고 싶은 마음만 굴뚝같았다.

그를 보며 미소 짓는 노아의 얼굴을 떠올리기만 해도 소름이 끼쳤다.

사람들은 비비안과 노아를 보며 세기의 커플이라고들 말한다.

허스트 가문과 와튼버그 가문은 100대 부자 가문 중에서도 중상위권에 랭크되어 있는 가문이며, 약혼을 앞둔 두 사람의 미모가 유독 빼어났기 때문이다.

게다가 두 가문은 꾸준히 세를 불리며 상승 주가를 달리고 있었다.

따라서 자식들의 결합은 커다란 시너지가 되어 두 가문의 주가를 키우는 데 플러스적인 요인으로 작용할 게 분명했다.

하지만 비비안의 마음은 지옥이었다.

노아는 단언컨대 그간 보아왔던 모든 남자들 중, 아니, 모든 사람들 중 최악이었다.

재력과 권력을 갖고 있는 명성 있는 가문에서 태어난 자제들은 기본적으로 인성이 올바르지 않은 경우가 많았다.

부족할 것 없이 자라기 때문이다.

그들은 커가면서 듣고 보는 것이 평범한 시민들과는 다르다.

때문에 관념 자체가 다르게 박혀 있다.

물론 어느 그룹에서나 예외가 있듯 모두가 그런 건 아니다.

부자 가문에서 나고 자랐지만 평범한 시민의 감성과 가치관을 가진 이들도 많았다.

비비안이 그중 하나라는 건 아니었다.

그녀 역시 스스로 엘리트라는 의식을 가지고 있었으며 소시민들과는 생각하는 게 달랐고 가치관의 차이도 상당했다.

그런데 노아는 그 이상이었다.

무언가가 달랐다.

설명할 수 없는, 인간에게 꼭 필요한 무엇인가가 배제되어 있다는 느낌이 강했다.

실질적으로 노아가 비비안에게 해를 가하거나 남에게 피해를 입힌 적이 있는 건 아니었다.

하지만 그의 모든 것이 꾸며진 연극 같아 보일 때가 한두 번이 아니었다.

아니, 정확히 말하자면 만날 때마다 그런 걸 느꼈다.

그녀를 사랑한다는 말조차 거짓으로 만들어낸 대사 같았다.

무슨 생각을 하고, 어떤 감정을 느끼는지 알 수 없는 로봇을 앞에 둔 것 같은 느낌에 등줄기가 오싹했다.

노아는 나무 그늘 아래에서 비비안의 뺨을 만지며 사랑을 고백했었다.

그리고 비비안에게 보여준 웃는 낯 그대로, 그녀의 뺨을 어루만지던 손을 옮겨서 나무 기둥에 붙어 있던 집게벌레를 지그시 눌러 터뜨렸다.

사랑을 고백한 직후에 그가 보여준 행동이었다.

그때부터였다.

비비안이 노아를 본격적으로 무서워하게 된 것이다.

그녀는 이러한 감정을 굳이 숨기려 하지 않았다.

그의 아버지에게도 알렸고, 노아 앞에서도 충분히 티를 냈다.

그러나 아버지는 별것도 아닌 일로 호들갑 떨지 말라, 너는 이제 어린아이가 아니다, 라며 꾸짖었다.

노아는 아무렇지 않아 했다.

비비안이 무슨 말을 해도 노아를 흔들 수는 없었다.

마치 벽에 대고 말을 하는 것 같은 혼란스러움만 비비안을 힘들게 만들 뿐이었다.

'난… 그런 사람과 함께 살 수 없어.'

노아와 결혼한다면 영원히 행복하지 못할 거라는 걸 비비안은 예감했다.

그러나.

"아가씨."

브래드의 부름은 그녀를 억지로 움직였다.

허스트 가문의 원치 않는 명예를 어깨에 짊어진 그녀는 본의와 상관없이 내일 있을 약혼식을 위해 노력해야 했다.

* * *

"바로 사업 얘기를 해볼까?"

레이는 김두찬 일행을 1층 홀에서 맞았다.

로비 역시 저택의 사이즈와 걸맞게 화려하고 웅장했다.

벽에 걸린 그림부터 조각상, 장식품, 가구와 바닥에 깔린 카펫, 샹들리에까지.

어디에 시선을 두어도 소박한 것이 없었다.

샘과 레이첼은 홀에 들어서자마자 익숙한 듯 한편에 놓여 있는 당구대로 향했다.

그러고서는 신나게 포켓볼을 즐겼다.

그들은 원체 이런 공간이 익숙한지 조금의 위화감도 찾을 수 없었다.

'역시 사는 세계가 다르구나.'

월드 클래스의 삶이란 매일매일 별천지일 것 같다고 막연하게 생각했던 적이 있었다.

한데 막상 경험해 보니 그 상상보다 더하면 더했지 덜하진 않은 것 같았다.

미국에 입국하는 공항에서부터 그는 샘 래넌 감독과 레이첼의 환영을 받았다.

둘 다 미국, 아니, 세계적으로 이름이 널리 알려진 이들이었다.

그들과 함께 최고급 리무진을 타고 다즈니 스튜디오의 대표 레이 스미스의 저택에 도착했다.

공원 같은 정원과 궁궐 같은 저택이 김두찬을 반겼고 지금은 레이 스미스와 테이블 하나를 사이에 놓고서 마주 보고 앉아 있었다.

한데 그 테이블 역시 흔해 빠진 게 아니라 세계적 테이블 명가라 불리는 골든메리 제품이었다.

이 테이블 하나가 족히 1억을 호가했다.

그 위에 영어로 작성된 계약서 두 장이 놓여 있었다.

김두찬은 계약서를 빠르게 훑은 뒤 지력의 힘을 사용해 세세한 모든 내용들을 파악했다.

그 결과, 김두찬에게 불리하도록 적용된 부분이 전혀 없다는 판단이 나왔다.

오히려 김두찬에게 약간 유리한 조건이었다.

레이 스미스 같은 거물이 돈 몇 푼 때문에 김두찬 같은 천재 작가를 놓칠 리 없었다.

때문에 계약서 초안을 애초부터 그에게 유리하도록 작성한 것이다.

"마음에 듭니까?"

레이가 대놓고 물었다.

그는 돌려 말하는 법을 몰랐다.

모든 것이 직설적이고 공격적이었다.

"네. 이대로 계약을 해도 괜찮을 것 같네요."

"시원해서 좋군! 이봐! 자네랑 계약할 때도 이랬나?"

레이가 샘에게 물었다.

막 큐대에 힘을 주려던 샘은 그 바람에 삐끗했다.

틱!

"윽, 타이밍 한번 죽여주는군."

샘은 툴툴대면서도 손가락으로 오케이 사인을 해보였다.

레이는 그게 별로였다.

"젠장! 상대가 레이 스미스이기 때문에 불평불만 없이 넘어간 게 아니라 누구에게나 친절한 카인드맨이었나?"

그런 모습을 보며 김두찬은 속으로 웃었다.

레이는 자기감정에 솔직하고 숨기는 게 없다.

그 때문에 괴팍하고 성질 더러운 괴짜로 보일 수 있겠으나, 오히려 뒤통수 칠 사람은 아니라는 믿음이 생겼다.

바꿔 말하면 그는 순수한 사람인 것이다.

스슥! 슥!

레이가 계약서에다 거칠게 사인을 해나갔다.

계약서 2부에 모두 사인을 마친 레이가 그것을 김두찬에게 건넸다.

김두찬도 사인을 마치고 난 뒤, 두 사람은 계약서를 한 부씩 나눠 가졌다.

이것으로 김두찬과 다즈니 스튜디오사의 계약이 끝났다.

뭔가 더 복잡한 과정이 있을 거라 생각했는데 의외로 싱겁게 끝나자 김두찬은 조금 얼떨떨했다.

그런 김두찬의 표정을 읽은 샘이 다가와 귀띔해 줬다.

"이미 김 작가님의 작품에 대한 회의는 다즈니 스튜디오에서 자체적으로 진행됐고, 계약해도 좋다는 결과가 나온 겁니다. 레이는 다즈니 스튜디오의 대표로서 계약을 이행하러 김 작가님을 만난 것뿐이죠."

그에 김두찬은 궁금한 게 하나 생겼다.

"만약 스미스 대표님이 좋다고 한 시나리오가, 스튜디오 자체 심사에서 탈락한다면요?"

아무리 생각해도 레이의 성격에 자신의 고집을 꺾을 것 같지 않았다.

그에 샘은 명쾌한 대답을 내놓았다.

"여태껏 단 한 번도 그런 일은 없었죠. 레이의 보는 눈은 정확하거든요. 하하하!"

"당연하지!"

자신의 칭찬에 기분이 좋아진 레이가 당장 술을 꺼내 들고 왔다.

"일이 끝났으면 놀아야지!"

"술, 좋죠!"

레이첼도 큐대를 놓고 달려와 김두찬의 옆자리에 앉았다.

레이가 모두에게 잔을 돌리고 술을 채웠다.

김두찬은 엉겁결에 술잔을 들게 됐다.

"다들 이후로 스케줄 있는 거 아니지?"

"있긴 한데……."

샘이 뭐라고 말을 하려고 할 때, 레이가 그의 말을 끊었다.

"그럼 취소해!"

"하하하! 그럴 줄 알았지."

"들어와!"

레이가 갑자기 홀 안쪽에 있는 문을 향해 고함을 쳤다.

그러자 문이 조용히 열리며 깔끔한 조리복을 입은 조리사 열 명이 음식이 담긴 카트를 밀고서 홀 안으로 들어왔다.

그들은 음식 카트를 일렬로 가지런히 세워놓고서 뷔페 접시를 꺼내 들었다.

그러고는 준비해 온 음식들을 조금씩 담아 테이블에 나르기 시작했다.

김두찬을 환영하기 위해서 레이가 미리 준비해 놓은 만찬이었다.

보기만 해도 군침이 넘어가는 비싼 음식들이 테이블 위에 가득 놓였다.

레이첼이 참지 못하고서 스푼을 들어 푸아그라부터 떠먹었다.

"으음~ 최고야."

샘도 캐비어가 올라간 깜파뉴를 들어 입안에 넣었다.

"좋은 캐비어군."

"벨루가가 아니면 입 근처에 대지도 않아!"

벨루가는 철갑상어 알인 캐비어 중에서도 최고 등급의 것으로 상당한 고가였다.

레이첼과 샘이 요리들을 하도 극찬하니 김두찬도 궁금해서 몇 가지를 맛보았다.

그러자 그의 머릿속에서 레시피북이 펼쳐지며 요리의 등급과 이름, 조리법들이 적혀 나갔다.

한데 요리의 등급들이 하나같이 B—에서 A+였다.

모두가 일류 셰프의 손에서 만들어진 것이었다.

'이거 대박인데.'

김두찬의 얼굴에 절로 미소가 어렸다.

그것을 본 레이첼이 씩 웃으며 잔을 높이 들어 올렸다.

"치어스!"

레이첼에게 나머지 세 사람이 호응해 주었다.

"치어스!"

그렇게 김두찬은 세계의 거장 두 명과 월드 스타 사이에서 술잔을 기울이게 됐다.

*　　　*　　　*

늦은 아침까지 술을 마시고 놀다가 한참 푹 자고 일어나니 오후 4시였다.

레이첼은 눈을 뜨자마자 모두에게 다시 술을 권했다.

하지만 김두찬은 이를 마다했다.

모처럼 미국에 왔는데 레이의 저택 안에서만 시간을 보낼 수는 없는 일이었다.

물론 그것도 충분히 의미 있는 일이었지만 김두찬은 미국 전역을 둘러보지는 못하더라도 하다못해 로스앤젤레스의 여기저기를 돌아다니고 싶었다.

해서 김두찬은 개인적으로 이곳저곳을 돌아다녀 보고 싶다는 뜻을 전했다.

샘과 레이첼은 김두찬과 함께 움직이겠다고 말했지만 김두찬은 거절했다.

워낙 유명인들이라 조용히 다닐 수가 없을 게 분명했기 때문이다.

그에 레이가 대신 자신의 기사를 붙여주었다.

김두찬은 아까처럼 화려한 리무진에 타는 것이라면 사양하겠다고 말했다.

레이는 자신이 소유하고 있는 차 중에서 그나마 시선을 덜 끌 만한 차를 내어주었다.

결국 김두찬은 그것까진 마다하지 못했다.

*　　　*　　　*

비비안은 오전부터 정신없이 움직였다.

드레스 숍에 들러서 수십 벌의 드레스를 입어보고 헤어숍으로 옮겨 두 시간 동안 치장을 했다.

이후에는 내일 약혼식을 올릴 파티장으로 향했다.

그 안에서 자신이 무엇을 해야 하고 어떤 미소를 지어야 하며 절대 해서는 안 될 말들과 꼭 해야 할 이야기들에 대해 교육을 받았다.

이런 교육은 전부 집사 브래드의 소관이었다.

"후우."

점심이 한참 지나서야 겨우 한숨 돌릴 시간이 찾아왔다.

그녀의 약혼자 노아 와튼버그는 저녁 7시까지 와튼버그가에서 후원하는 아이들과 함께 디즈니 랜드를 방문해 함께 놀아주어야 했다.

때문에 그 이후에나 파티장에 도착할 터였다.

지금이 오후 6시 반.

30분 후면 그 소름끼치는 얼굴을 다시 봐야 한다는 생각이 비비안을 괴롭게 했다.

그녀는 고개를 휘휘 젓고서 스마트폰을 꺼냈다.

그리고 인터넷창의 즐겨찾기난을 열어 어느 사이트에 접속했다.

비비안이 접속한 사이트는 김두찬이 만든 연재 플랫폼 '창작유희'였다.

하루하루가 우울함으로만 점철되는 요즘, 그녀를 유일하게 달래주는 것이 바로 이 창작유희였다.

그녀가 김두찬의 괜찮아 게시판을 클릭했다.

새로 올라온 글 세 개 옆에 'new'라는 표시가 붙어 있었다.

그걸 보는 것만으로도 비비안의 가슴이 쿵쾅거리며 뛰었다.

비비안은 한국어를 배운 적이 없었다.

하지만 몇 달 전 개인 교사를 구해서 열심히 배웠다.

그녀는 누가 시킨 것도 아닌데 미친 듯이 한글을 익히는 데

열중했다.

비비안이 갑작스레 한글 공부에 의욕을 보이게 된 이유는 바로 김두찬 때문이었다.

평소에도 책을 제법 좋아했던 비비안은 어느날 우연히 김두찬의 책 '적'을 접하게 됐다.

그것을 읽고 난 후 그녀는 김두찬이라는 작가에 푹 빠져들었다.

미국에서 출간되고 있는 책 말고 그의 다른 글까지 전부 읽어보고 싶었다.

이리저리 인터넷에서 수소문해 보니 김두찬은 한국에서 여러 작품들을 연재하고 있다는 사실을 알았다.

이를 알게 된 비비안은 한국어 강사 중 가장 유명한 개인 강사를 초빙해 당장 한국어를 배우게 된 것이다.

유능한 선생 밑에서 열정 있는 학생이 가르침을 받으니 비비안의 실력은 날로 일취월장했다.

그녀는 불과 일주일 만에 자음과 모음을 전부 외웠고, 보름이 지나갈 즈음엔 한글의 매커니즘에 대해 완벽하게 이해했다.

한 달이 지나서는 모든 단어들을 더듬더듬이나마 읽는 게 가능해졌다.

두 달이 끝나갈 때쯤에는 말하기와 듣기가 수월해졌다.

세 달째부터는 자신의 의사를 한국말로 편하게 전달했고, 발음도 정확해졌다.

이제는 언제 어디서든 한국말을 능숙하게 다룰 수 있을 정도가 되었다.

짧은 시간 동안 한국어를 제대로 마스터한 것이다.

비비안은 '괜찮아'에 올라온 새 글들을 하나하나 천천히 음미하며 읽어나갔다.

세 편의 글을 모두 읽고 나니 우울함이 가라앉고 마음도 편안해졌다.

입가에는 잔잔한 미소마저 자리하고 있었다.

이를 집사 브래드가 멀리서 지켜봤다.

그의 역할은 비비안의 관리 및 감시였다.

브래드는 비비안을 허스트 가문에 어울리는 여인으로 교육하고 성장시킬 의무가 있었다.

때문에 언제 어느 때고 그녀의 곁에서 떨어지지 않았다.

누군가 하루 종일 자신의 곁에 붙어서 일거수일투족을 감시한다는 건 답답하고 힘든 일이다.

하지만 비비안은 이제 그런 브래드의 존재에도 익숙해졌다.

해서 지금처럼 크게 신경을 쓰지 않는다.

반대로 브래드의 모든 신경은 늘 비비안에게 향해 있었다.

드르르륵.

브래드의 스마트폰이 몸을 떨었다.

이 시간에 그에게 전화를 걸 사람은 한 명밖에 없었다.

그를 집사로 고용한 고용주이자 허스트 가문의 최고 권력자인 올리버 허스트였다.

그리고 비비안의 아비였다.

브래드가 핸즈프리 이어폰의 버튼을 눌러 전화를 받았다.

"네."

이어폰 너머에서 묵직하고 기품 있는 중년인의 음성이 들려왔다.

ㅡ비비안은 준비 잘하고 있나?

"무리 없이 따라오고 있습니다."

ㅡ오늘은 우울해하지 않고?

"우울해했습니다만, 늘 그렇듯 김두찬이라는 작가의 글을 읽고 밝아진 듯합니다."

ㅡ흠… 그 이름을 근래 들어 자주 듣는군.

설마하니 올리버는 자신의 딸이 한국 땅에서 태어난 작가에게 푹 빠질 줄은 상상도 못 했다.

요즘 미국의 젊은 아이들 사이에서 K-POP 열풍이 불고 있다는 건 그도 알고 있었다.

하지만 한국 아이돌 가수에게 빠지는 게 아니라 작가라니?

참으로 특이한 케이스였다.

브래드를 통해 그 이름을 자주 듣다 보니 이제는 정이 들 지경이었다.

—그 김두찬이라는 작가가 누구인지 궁금하군.

일면식도 없고, 브래드가 아니었다면 평생 몰랐을 이름이었다.

한데 그는 브래드로 인해 김두찬의 글이 비비안의 우울증을 달래주고 있다는 걸 알았다.

때문에 저도 모르는 사이 김두찬에게 은연중 고마운 마음이 자라난 상태였다.

허스트 가문의 사람들은 대대로 은원을 확실히 하는 것으로 유명했다.

원한을 졌으면 그 열 배로 갚고, 은혜를 입었으면 그 백 배로 보답하는 가문이라는 말이 괜히 있는 게 아니었다.

해서 허스트 가문을 함부로 건드리는 가문은 없었다.

반대로 작은 도움을 줬다가 크게 보답받는 가문들은 상당했다.

그렇다 보니 올리버는 어떻게든 김두찬에게 보답을 하고 싶었다.

딸이 앓고 있는 우울증은 자신의 힘으로 절대 해결할 수 없는 종류의 것이었기 때문이다.

브래드는 그런 올리버의 내심을 눈치챘다.

"김두찬 작가로 짐작되는 인물이 미국에 온 모양입니다. 어디에 있는지 수소문해 볼까요?"

브래드는 아침마다 많은 기사들을 찾아 읽는다.

정보에 뒤처지지 않아야 허스트 가문에 어울리는 집사로서 남아 있을 수 있기 때문이다.

그러다 보니 김두찬에 관한 정보도 덤으로 얻게 됐다.

대다수의 기자들은 김두찬이 누구인지 모르고 무작정 셔터만 눌러댔다.

그가 눈이 돌아갈 정도의 미남인 데다가 샘과 레이첼의 환영을 받았으니 정체가 무어냐는 식의 기사들만 쏟아냈다.

다들 김두찬의 외모가 워낙 출중하니 작가라는 생각은 전혀 못 했다.

전부 동양의 유명한 배우가 아니냐며 헛다리를 짚어댔다.

한데 그중 김두찬의 정체를 추측해 보는 기사가 한 줄 나왔다.

크게 빛을 보지 못하고 묻혀 버렸으나 브래드는 그것을 놓치지 않았다.

그는 바로 김두찬에 대한 정보를 검색했고, 그가 김두찬임을 확신했다.

하지만 이 사실을 비비안은 아직 모르는 것 같았다.

오늘은 아침부터 스케줄이 빡빡했기에 뉴스 한 자락 살펴

볼 시간조차 없었다.

이제야 여유가 조금 났지만 비비안은 이 소중한 시간을 김두찬의 글을 읽는 데 사용했다.

"아가씨도 김두찬 작가를 만나면 분명 좋아할 겁니다."

브래드가 확신에 차 말했다.

올리버는 잠시 뜸을 들이다가 대답했다.

—아니, 됐네. 중요한 행사를 앞에 둔 때에 괜히 헛바람 들면 안 되지 않겠나?

"그렇군요. 제 생각이 짧았습니다."

—지금이 아니더라도 언젠가 기회가 있겠지.

"얼마든지요."

허스트 가문의 사람이 마음을 먹어서 이루지 못할 일은 얼마 되지 않았다.

김두찬과의 만남도 허스트 가문의 누군가가 정말 원한다면 반드시 성사시킬 수 있었다.

때문에 지금이 아니어도 상관없었다.

당장은 내일 약혼식을 더 신경 써야 할 때였다.

—아무튼 마지막까지 잘 부탁하네.

"알겠습니다."

통화를 끝낸 브래드가 말없이 비비안을 바라봤다.

그녀의 시선은 여전히 스마트폰 화면에 박혀 있었다.

*　*　*

김두찬을 태운 차가 처음으로 그를 내려준 곳은 다즈니 랜드였다.

애니메이션을 좋아하는 김두찬에게는 역시 이곳이 가장 가고 싶은 로스앤젤레스의 명소 중 하나였다.

놀이 기구를 이것저것 타려면 적잖은 시간이 들 테니 내부만 한 번 돌아보고 나올 생각이었다.

티켓을 끊고 안으로 들어가는 순간 별천지가 나타났다.

한국의 놀이공원에서는 절대로 볼 수 없는 광경이 김두찬의 눈앞에 펼쳐졌다.

'생각해 보니… 나 놀이공원에 와본 게 이번이 세 번째잖아.'

한국에서도 놀이공원이라고는 딱 두 번밖에 가본 적이 없었다.

초등학교 때 학교 소풍에 따라갔던 것과 정미연과 함께한 춘천 여행에서 한 번 가본 게 전부였다.

거기다 육림랜드는 놀이공원치고 사이즈가 작았고, 기구가 많은 것도 아니었다.

놀이 기구를 즐긴다기보다는 오래된 것의 정취를 느끼기 위해 찾을 법했다.

때문에 김두찬에게 놀이공원이란 익숙한 장소가 아니었다.

김두찬이 본격적으로 다즈니 랜드의 광경을 눈에 담았다.

"와아."

어느 곳을 돌아봐도 감탄만 나왔다.

알록달록 만화 속 세상에 그대로 들어온 것만 같았다.

애니메이션으로만 접했던 건물들이 실제로 지어져 있었다.

그가 걸음을 옮기는 곳마다 유명한 다즈니 스튜디오의 캐릭터들이 익살스러운 행동을 하며 지나갔다.

다즈니 랜드는 입구에 들어서는 순간부터 현실을 잊게 만드는 경이로운 공간이었다.

김두찬은 난생처음으로 접한 신세계 속에 푹 빠져 시간 가는 줄을 몰랐다.

처음에는 가볍게 삼십 분 정도만 돌아볼 생각이었는데, 어느새 두 시간이 훌쩍 지나갔다.

*　　　*　　　*

노아 와튼버그는 일곱 시까지 내일 있을 비비안과의 약혼 파티 장소로 가야 했다.

하지만 와튼버그 가문의 행사가 생각보다 오래 이어졌다.

오늘 그는 와튼버그 가문에서 후원하는 어린 학생들과 다즈니 랜드에서 즐겁게 놀아줘야 했다.

아이들과 함께 놀이 기구를 타고, 사진을 찍고, 노래를 부르고, 맛있는 음식을 먹었다.

식사 시간에는 모든 아이들의 이름을 한 번씩 불러주면서 그들의 고민을 들어주며 격려했고 잘한 일이 있으면 칭찬을 아끼지 않았다.

그러면서 한편으로 이런 생각을 했다.

저 아이들이 떠먹는 수프나 마시는 음료에 헤로인을 몇 그램만 타면 참 재미있을 텐데.

옆에 앉은 아이의 머리를 쓰다듬으면서는 조금만 힘을 줘도 목이 부러질 것 같다는 생각이 들었다.

기자들은 아이들과 어울리는 자신의 모습을 하나도 놓치지 않고 열심히 카메라에 담았다.

문득 노아는 자신이 총기 난사를 하는 광경이 머릿속에 그려졌다.

온몸이 벌집이 되어버리는 아이들의 모습이 카메라에 담긴다면 볼만할 것 같았다.

"하하."

노아가 저도 모르게 웃었다.

그러자 아이들은 영문도 모르고 그를 따라 웃었다.

"하하하하!"

조금 전까지 그의 상상 속에서 피 칠갑을 하고 죽어 있던 아이들이 멀쩡히 웃고 있는 게 재미있었다.

노아가 더 크게 웃었고 아이들의 웃음소리 역시 커졌다.

하지만 플래시를 터뜨리고 그 모습을 녹화하는 기자들은 함께 웃을 수가 없었다.

오히려 그 장면이 이상하게 기괴하고 공포스러웠다.

노아는 마치 감정이 없는 로봇 같았다.

그가 얼마나 오만하고 자존심이 세며, 자기 멋대로인지는 모든 이들이 아는 사실이었다.

그런데 유독 아이들만 대하면 저렇게 모를 표정으로 크게 웃곤 했다.

노아가 무슨 생각을 하는 건지 아는 사람은 아무도 없었다.

* * *

'뭐 촬영하나? 아니… 기자들?'

김두찬은 배 속이 출출해서 다즈니 랜드의 푸드 코드에 들어섰다.

그런데 수많은 기자들이 야외 테이블 한 구역을 둘러싸고서 무언가를 촬영하는 광경이 들어왔다.

김두찬은 별생각 없이 기자들에게 다가가 어깨 너머로 상황을 살폈다.

그런데.

"어?"

수많은 기자들 중 한 명이 김두찬을 발견하고서는 그에게 카메라를 들이댔다.

그는 김두찬의 얼굴이 눈에 익었다.

아침에 그와 관련된 기사를 읽었기 때문이다.

갑자기 다즈니 랜드에 모습을 드러낸 이 미남자는 분명 샘 레넌과 레이첼이 맞이했던 그 사람이었다.

찰칵!

하나의 카메라 렌즈가 다른 방향으로 향하자 다른 기자들의 시선이 일제히 그쪽으로 돌아갔다.

순간 기자들은 자신의 눈을 의심했다.

"Perfect……!"

김두찬을 바라보던 기자 중 한 명이 감탄처럼 말을 뱉었다.

완벽하다는 단어 말고 그를 보고 느낀 감정을 달리 표현할 방법이 없었다.

찰칵! 찰칵!

곧 카메라 몇 대가 노아에게서 김두찬에게 방향을 바꿔 플래시를 터뜨렸다.

대부분의 기자들은 김두찬을 몰랐지만 범상찮은 아우라를 풍기고 있으니 일단 몇 방 정도 찍어는 놓자는 심산이었다.

한데 한 번 김두찬에게 렌즈를 들이대고 나니 다른 곳으로 움직이지가 않았다.

김두찬의 얼굴을 담았으면 목적을 달성한 것이다.

이제 다시 노아를 찍어야 하는데 그게 힘들었다.

기자로서의 본분을 잊어버리고서 저 완벽한 피사체를 더 찍고 싶다는 욕망이 마구 솟구쳤다.

기자들의 렌즈가 대거 엉뚱한 곳으로 움직이자 노아의 시선이 김두찬에게 향했다.

'누구지?'

김두찬을 보자마자 노아의 머릿속에 든 생각이었다.

일반적인 사람들은 김두찬을 보게 되면 누구냐는 물음보다 그의 미모에 현혹되어 넋을 놓는다.

그런데 노아는 그가 누구인지, 그것이 궁금할 뿐이었다.

그리고.

'원숭이 새끼 한 마리가…….'

자신이 주목받아야 할 무대에 끼어든 불청객이 짜증 났다.

노아에게 짜증이라는 감정을 비롯, 부정적인 모든 감정들은 매우 중요했다.

그가 평소에 자주 느끼지 못하는 감정이기 때문이다.

그리고 그에게 부정적인 감정을 안겨주었던 이들은 전부 불행한 일을 겪었다.

그 불행의 크기가 작은 경우도 있고 큰 경우도 있었다.

중요한 건 노아가 김두찬에게 관심을 가지게 되었다는 것이다.

불쾌한 감정을 안겨줌으로써.

노아의 입가에 머물러 있던 웃음이 더 진해졌다.

김두찬은 갑작스러운 플래시 세례에 얼른 그 자리를 떠나려 했다.

기자들에게 주목되어 봤자 좋을 게 없었다.

홀로 조용히 즐거움을 만끽하려 했었는데 자기도 모르게 실수를 저지르고 말았다.

'굳이 기자들 무리로 기어들어 오는 건 무슨 멍청한 짓이냐, 김두찬.'

스스로를 자책했다.

평소였다면 절대 저지르지 않을 실수였다.

아니, 애초에 마스크와 모자, 선글라스를 착용하고서 다즈니 랜드에 들어갔을 것이다.

여기가 한국이 아니라는 것에 너무 마음을 놓고 말았다.

아울러 다즈니 랜드에 간다는 사실이 그를 필요 이상으로 들뜨게 만들었다.

사람들이 자신의 정체를 모른다 치더라도 그의 외모는 어딜 가든 주목받을 수밖에 없었다.

다즈니 랜드에 들어서자마자 자신을 바라보는 사람들의 호감도가 빠르게 올라갔고 30분 만에 하루 최고치인 직접 호감도 1,000을 적립했다.

하지만 김두찬은 평소에 직접 포인트 적립과 관련된 시스템 메시지는 off 시켜놓은 상태였다.

일전에 시스템 메시지가 눈앞을 많이 가려 정신이 없어서 그리 변경해 둔 터였다.

때문에 직접 호감도가 그리 빠르게 오르는 줄 모르고서 다즈니 랜드 삼매경에 빠졌다.

그 상태에서 기자들이 모여 있는 곳에 갔다가 카메라 집중 포화를 받게 됐다.

평소엔 철두철미한 그였지만 인생 역전으로 심신이 아무리 성장했다 해도 아직 20살이었다.

게다가 다즈니 랜드라는 별천지에 푹 빠져 이런 실수를 저지르고 말았다.

김두찬이 얼른 자리를 피하려 했다.

한데 그때였다.

"잠깐만."

누군가 그런 김두찬을 불러 세웠다.

김두찬은 자신을 부르는 건지 모르고서 등을 돌렸다.

그러자.

콱.

누군가가 그의 팔을 붙잡았다.

그에 김두찬이 돌아봤다.

팔을 잡은 건 다름 아닌 노아였다.

'뭐지?'

김두찬은 그가 왜 자신을 잡아 세운 건지 알 수 없어서 고개를 갸웃거렸다.

"어디서 왔지?"

노아의 갑작스러운 질문에 김두찬은 별생각 없이 대답했다.

"한국."

"한국?"

노아가 씩 웃더니 김두찬의 귀에 대고 속삭였다.

"어쩐지 아까부터 엿 같은 김치 냄새가 나는 것 같더니만."

"뭐?"

김두찬이 꿈틀했다.

그런 그의 팔을 노아가 더 세게 움켜쥐었다.

"질곡의 역사 속에서 굴러먹다가 지금도 노예 근성을 버리지 못해 우리 미국의 다스림 아래 겨우겨우 빌어먹고 사는 나라가 한국 아닌가? 이 땅에서 얼쩡대지 말고 너희 나라로 꺼져, 원숭이."

거기까지 말한 노아가 김두찬을 슥 밀어냈다.

한데 그의 얼굴에 자리한 미소가 너무나 온화하고 포근했다.

방금까지 입에 담지도 못할 독설을 내뱉었다고는 볼 수 없을 정도였다.

'뭐지, 이 인간?'

찰칵! 찰칵!

김두찬이 노아에게 잡혀 있는 사이 기자들은 두 사람의 모습을 열심히 찍어댔다.

노아가 김두찬을 놓아주며 그만 가보라는 제스처를 취했다.

하지만 김두찬은 그 자리를 떠나지 않았다.

상대방은 초면에 그에게 치욕적인 언사를 내뱉었다.

기자들이 몰린 걸 보니 미국 땅에서 제법 유명 인사인 데다가 나름 힘이 있는 모양이었다.

김두찬은 와튼버그 가문에 대해서는 알아도, 그 가문의 사람들에 대해 자세한 정보는 없었다.

때문에 노아가 와튼버그가의 사람이라는 것 역시 몰랐다.

그저 힘이 좀 있는 인간인지라 그걸 믿고 까분다고 짐작했다.

그러거나 말거나였다.

불합리한 일을 당했는데 가만히 있을 김두찬이 아니었다.

"방금 한국이 미국의 다스림 아래 빌어먹고 사는 노예 근성 가득한 나라라고 했나요?"

김두찬의 발언에 기자들의 셔터 속도가 빨라졌다.

김두찬을 돌아본 노아는 긍정도 부정도 하지 않고 공허한 미소를 머금었다.

그러나 기자들은 분명 노아가 좋지 않은 얘기를 했을 것이라고 확신했다.

그는 큰 사건을 일으키지는 않았으나 부적절한 발언과 행동들로 논란을 몰고 다니는 트러블메이커였다.

기자들은 정체 모를 동양의 완벽한 미남인과 노아 사이에서 어떠한 사건이 벌어질지 흥미진진하게 지켜봤다.

노아는 잠시 김두찬을 바라보다가 한 손으로 코를 막았다.

"쓰레기 냄새가 고약해서 서 있기가 영 힘든데… 좀 비켜주겠어?"

찰칵! 찰칵!

드디어 노아의 입에서 공개적인 독설이 터져 나왔다.

김두찬이 이 녀석을 어떻게 상대해야 할지 고민할 때였다.

노아가 김두찬을 슬쩍 밀어내며 지나쳐 갔다.

그러더니 김두찬의 뒤편에 떨어져 있던 쓰레기를 주워 쓰레

기통에 버렸다.

노아는 손을 탁탁 털며 김두찬을 바라봤다.

"비켜 달랬잖아. 왜 멍하니 서 있어?"

노아가 대놓고 김두찬을 놀렸다.

그 모습에 주변에 서 있던 사람들이 웃음을 터뜨렸다.

보통의 사람들이라면 이런 상황에서 상당히 당황했을 것이다.

머나먼 타국 땅에 넘어와서 이렇게 많은 카메라가 자신을 찍고 있는데 놀림을 당하다니.

하나 김두찬은 피식 웃었다.

노아의 하는 짓거리가 유치하기 짝이 없었기 때문이다.

흔히 그런 말들을 한다.

어려움을 모르고 자라는 사람들은 철이 들지 않는다고.

노아가 딱 그런 경우였다.

'일단 말이 통할 상대는 아니고.'

자존감이 높은 데다가 자만심 또한 하늘을 찌른다.

세상에 무서운 것이 없고 모든 사람들을 발아래로 보는 타입이다.

한마디로, 재수 없다.

'말이 안 통하면 행동으로 갚아줘야지.'

물론 주먹을 사용할 건 아니다.

쓰레기를 버린 노아가 김두찬을 지나쳐 가려 했다.

김두찬은 그런 노아의 길을 터주려다가 같은 방향으로 움직였다.

노아가 반대쪽 방향으로 무게중심을 이동해서 한 발 내디뎠다.

그때 김두찬도 그와 똑같은 방향으로 무게중심을 이동했다.

좁은 골목길을 마주 오던 두 사람이 서로 비켜주려다 종종 이런 경우가 생기곤 한다.

지금 김두찬과 노아가 남들이 보기에는 딱 그랬다.

하지만 김두찬은 일부러 노아의 앞을 막아선 것이었다.

노아는 다시 반대쪽으로 움직이려 했고 김두찬도 함께 움직였다.

몇 번 길이 막혀 버리니 노아는 더 이상 비켜서지 않고 김두찬의 어깨를 지그시 밀었다.

그런데.

'음?'

전혀 밀리지 않았다.

노아가 손에 힘을 더 주었다.

꿈쩍도 하지 않았다.

마치 거대한 바윗덩이를 손으로 밀고 있는 것 같았다.

'힘이 제법이네.'

의외였다.

제법 허우대가 훌륭했지만 설마 이 정도일 줄은 몰랐다.

노아는 피식 웃음을 흘리고는 한 번 더 김두찬을 미는 손에 힘을 주었다.

이전과는 비교되지 않을 만큼 강한 힘이 실려 있었다.

바로 그때, 김두찬은 몸을 뒤로 뺐다.

노아는 자신의 힘을 주체 못 하고 무게중심을 잃었다.

상체가 앞으로 튀어 나가며 발이 바쁘게 따라왔다.

타타탁!

쓰러질 듯 말 듯 아슬아슬 상황에서 김두찬이 노아의 셔츠 뒷덜미를 콱 잡았다.

"위험해."

그러고는 있는 힘껏 확 당겼다.

그러자 트트트특! 하며 셔츠가 뜯어져 나갔다.

노아의 무게중심이 김두찬의 힘에 잠시 뒤로 쏠렸다가 셔츠가 뜯어지며 급격하게 앞으로 몰렸다.

결국 노아는 스스로의 몸을 컨트롤하지 못했다.

콰당탕!

노아가 상반신에 걸레짝이 된 셔츠를 반쯤 걸치고서 바닥에 곤두박질쳤다.

그 광경에 사방에서 왁자한 웃음이 터져 나왔다.

김두찬이 자신의 손에 들린 반쪼가리 셔츠를 보고서 어깨를 으쓱했다.

“미안. 도와주려다가 그만.”

노아가 눈을 크게 뜨고 그런 김두찬을 바라봤다.

태어나서 가족 외의 사람에게 단 한 번도 이런 치욕을 당해 본 적이 없는 그였다.

그는 지금 이 상황이 선뜻 받아들여지지 않았다.

현실을 인지하는 데에는 약간의 시간이 필요했다.

찰칵! 찰칵! 찰칵!

카메라 플래시가 그 어느 때보다 열정적으로 터졌다.

구경꾼들이 일제히 스마트폰을 들이댔다.

비로소 자신이 어떤 꼴을 당했는지 파악한 노아가 천천히 몸을 일으켰다.

그는 노출이 된 상반신을 굳이 감추려 들지 않았다.

어차피 근육질의 잘빠진 몸이었다.

노출에 대한 부끄러움보다는 김두찬에게 향한 날 선 감정이 더욱 컸다.

노아는 김두찬에게 저벅저벅 다가갔다.

그리고 반쪼가리만 걸치고 있던 셔츠를 벗어 김두찬의 목에 걸어주며 속삭였다.

"너 재미있다? 예언 하나 할까? 다시는 네 고향 땅을 밟지 못하게 될 거야. 누군가가 널 죽여 버릴 거거든. 난 네 시체를 찾아내서 살을 발라먹고 내장을 파먹을 거야. 골통은 똥물에 튀기고 뼈는 갈아서 짐승들 사료에 섞어주면 좋아하겠지. 그리고 한국에 있는 네 가족들까지 전부 죽고 말거야, 머저리."

김두찬은 노아의 말을 듣는 순간 그가 허풍을 떠는 게 아니라는 걸 알았다.

그의 음성에는 별다른 감정이 없었다.

분명 분노했을 텐데, 그래서 이런 얘기를 하는 것일 텐데 밥을 먹었냐고 물어보는 것처럼 평안했다.

'대체 뭐지?'

처음 봤을 때부터 뭔가 이상하다는 느낌을 받았다.

그런데 이렇게 대치하고 보니 정말로 이상한 놈이라는 걸 알 수 있었다.

여태껏 김두찬이 만났던 사람들 중에는 이런 종류의 인간이 한 명도 없었다.

노아가 김두찬에게서 물러났을 때, 어디선가 검은 양복을 걸친 경호원 두 명이 나타났다.

그중 한 명은 노아에게 새로운 셔츠를 입혀주었고, 다른 한 명은 노아를 지키듯이 섰다.

그리고 김두찬의 앞으로 다섯 명의 경호원이 다가왔다.

그들은 김두찬과 노아의 사이에 장벽을 치듯 나란히 섰다.

이어 매서운 기세를 풍기며 김두찬을 위협했다.

김두찬은 그것이 우스웠다.

그가 투기를 끌어 올리며 경호원들을 노려보자 그들은 일제히 움찔하더니 어깨를 떨었다.

김두찬의 무서운 기세에 눌려 버린 것이다.

그중 한 명은 저도 모르게 뒷걸음질 쳤다가 얼른 자세를 고쳐 잡았다.

김두찬은 어설퍼진 인간 장벽 너머로 셔츠를 갈아입은 노아를 바라보며 상상 공유를 사용했다.

과연 저 인간이 어떤 인간인지 궁금했다.

김두찬이 갑자기 제자리에 서서 아무런 행동도 하지 않자 경호원들은 그를 기이하게 바라봤다.

노아는 셔츠를 가져온 경호원과 귓속말을 나눴다.

그러자 그 경호원이 김두찬의 모습을 스마트폰 카메라에 담았다.

"원숭이 한 마리 때문에 시간이 너무 지체됐어."

안 그래도 행사가 늦어지는 바람에 약혼 장소로 출발해야 할 시간을 놓쳐 버렸다.

여기서 더 늦을 수는 없었기에 노아는 자신의 후원 학생들과 자리를 옮겼다.

그에 경호원들과 기자들도 노아를 따라 사라졌다.

그 무렵 상상 공유를 끝낸 김두찬의 입이 스르르 벌어졌다.

'이런…….'

Liking 103

Tricky Prince

홍이 깨졌다.

다즈니 랜드를 전부 돌아보지도 못했다.

그럼에도 김두찬은 그곳을 나와 버렸다.

이미 노아의 모습은 찾을 수가 없었다.

후원 학생들과 경호원을 데리고 다른 곳으로 떠난 이후였다.

다즈니 랜드에서 나온 김두찬을 레이의 기사가 마중했다.

입구에서 줄곧 김두찬을 기다리고 있었던 것이다.

김두찬이 차에 오르자 레이의 기사는 가고 싶은 곳이 더 있는지 물었다.

김두찬은 가슴이 좀 트이는 곳으로 데려다 달라 부탁했다.

생각할 시간이 필요했다.

기사는 망설임 없이 차를 몰았다.

이동하는 차 안에서 김두찬은 노아에게서 봤던 것을 곱씹었다.

그는 자신의 아버지 해럴드 와튼버그에게 심한 학대를 당하며 자랐다.

어떻게 아비가 자식을 그렇게 대할 수 있을까, 라는 의문이 들 정도로 무섭고, 잔인한 학대였다.

해럴드는 노아를 인간으로 대하는 것 같지 않았다.

가학적으로 자식을 괴롭히면서도 그는 웃었다.

일말의 양심의 가책이나 아픔도 없었다.

무조건 노아는 자신이 원하는 청사진대로 성장하기를 원했다.

거기에서 조금이라도 어긋나면 가차없이 폭력을 구사했다.

그렇다고 노아가 엄마에게 기댈 수도 있는 건 아니었다.

노아의 엄마, 엠마는 해럴드와 완벽한 쇼윈도 부부였다.

대중 앞에 설 때만 다정하고 행복한 척했을 뿐, 실상은 밤마다 다른 남자를 끼고 살았다.

해럴드 역시 엠마와 다를 바 없었다.

서로 매일 밤 다른 이성을 침대 위에서 끌어안는 걸 그들은 서로 알고 있었다.

경악할 만한 사실은 그들이 이성을 다른 장소에서 만나는 게 아닌 집으로 끌어들인다는 것이다.

가끔은 서로 데려온 이성과 넷이서 즐길 때도 있었다.

거기까지는 그들의 문제이니 그냥 넘어갈 일이었다.

한데 어느 날 이 광경을 노아가 보고 말았다.

처음에 그는 충격을 받았다.

하지만 해럴드나 엠마나 노아를 전혀 신경 쓰지 않고 이런 행위를 지속했다.

이에 점차 노아도 그런 환경에 익숙해졌다.

나중에는 일상처럼 받아들였다.

그게 아직 열세 살 때의 일이었다.

해럴드의 학대는 계속됐고 엠마의 무관심은 여전했으며 두 부부의 난잡한 성생활은 밤마다 이어졌다.

노아는 그 속에서 자라나며 무언가가 결여되기 시작했다.

그리고 지금의 인격을 가지게 된 것이다.

하지만 김두찬이 놀랐던 건 노아의 이런 과거사 때문만은 아니었다.

그는 어둠 속에서 말도 못할 악행을 저지르고 있었다.

첫째로 그는 마약을 팔고 있다.

그것도 적은 규모가 아니라 로스앤젤레스의 헤로인 유통을 통괄할 만큼 규모가 거대했다.

하지만 그는 철저히 뒤로 숨어서 마약 밀거래 조직의 우두머리를 앞세웠다.

물론 마약 밀거래 조직은 위험에 노출되는 만큼 어마어마한 돈을 벌 수 있었다.

둘째로 노아 본인 역시 마약 중독자였다.

그는 코카인을 수시로 복용했다.

코카인을 흡입한 날은 어김없이 창녀들을 수십 명씩 불러 광란의 밤을 보냈다.

그 창녀들 역시 전부 함께 코카인을 흡입하고는 했다.

노아의 부름으로 그와 함께 코카인의 밤을 보내게 된 창녀들은 하나같이 어마어마한 성적 학대를 받았다.

그러나 그 지독한 밤이 지나고 나서 손에 쥐어지는 엄청난 금액으로 인해 누구도 그날의 일에 대해 입 밖으로 내지 않았다.

사실 이를 터뜨릴 배짱이 있는 사람도 없었다. 와튼버그 가문을 건드렸다가 언제 어디에서 객사할지 모르는 일이니 말이다.

셋째로 노아는 후원하는 학생들을 건드렸다.

남녀 가리지 않고 성적 수치심이 들 수 있는 행동을 일삼았다.

그러나 이 학생들은 와튼버그 가문의 후원이 끊어지는 순간 자신의 인생이 어찌 될지 알고 있었다.

그만큼 힘든 집안에서 커왔기 때문이다.

해서 입을 꾹 다물 수밖에 없었다.

설사 이런 사실을 폭로한다고 해도 와튼버그 가문의 힘으로 무마시키는 건 어렵지 않았다.

계란으로 바위 치기라는 걸 알고 있기에 누구도 함부로 나서지 못했다.

'노아 와튼버그… 완전히 미친놈이야.'

김두찬은 그가 내일 허스트 가문의 영애인 비비안 허스트와 약혼식을 올리는 주인공이라는 걸 알았다.

아울러 노아가 비비안을 조금도 진심으로 사랑하지 않는단 사실 역시.

와튼버그 가문은 성장을 위한 좋은 조력자가 필요했다.

그래서 해럴드는 허스트 가문을 평생의 조력자로 선택했다.

두 가문이 탄탄한 동맹을 맺는 가장 좋은 방법은 자녀들의 결합이었다.

해럴드는 올리버 허스트에게 노아와 비비안의 결혼을 제안했다.

허스트 가문에게 있어서도 이 제안은 전혀 나쁘지 않았기에 올리버는 이를 수락했다.

그렇게 두 거대 가문끼리의 혼인이 성사된 것이다.

자식들의 의지와는 상관없이.

노아는 이러나저러나 상관없었기에 순수히 이를 받아들였다.

하지만 비비안은 그러기가 힘들었다.

이를 노아는 아주 잘 알고 있었고, 그 덕분에 김두찬은 비비안의 심경까지 캐치하는 게 가능했다.

상상 공유로 노아의 인생 전반적인 이야기를 들여다보았으니 말이다.

아무튼 노아는 정상인이 아니었다.

김두찬은 그의 인생을 살펴보는 것과 동시에 그가 살아오며 느꼈던 여러 가지 감정들에 대해서도 공유했다.

한데 그게 참 이상했다.

보통 사람들과 완전히 판이한 감정선을 그는 가지고 있었다.

누구나 무서워하고 공포를 느낄 법한 부분에서는 즐거워했다.

아울러 다른 사람들이 아름다워하거나 행복을 느끼는 부분에서는 지독할 만큼 무감각했다.

그는 타인의 고통에 대해서는 철저하게 아무런 공감대를 형성하지 못했다.

모든 세상의 판단 가치 기준의 선이 자기 멋대로 형성되어 있었다.

그가 신사적으로 행동하는 척하면서도 무례한 언행을 자주 저지르는 이유가 이 때문이었다.

반사회적 행동을 일삼고 공감 능력과 죄책감이 결여되어 있으며 극단적인 자기중심적 성향을 보였다.

또한 스스로의 행동을 통제하는 능력이 낮았고, 주변의 모든 사람들을 기만하며 자신이 이용할 도구로 인지했다.

이 모든 것들을 종합해 봤을 때, 노아 와튼버그는 결국.

'사이코패스.'

그렇게밖에 생각할 수 없었다.

그는 완벽한 사이코패스였다.

노아를 그대로 둔다면 나중에 어떤 끔찍한 범죄를 저지를지도 모를 일이었다.

'내가 개입해야 하나? 아니, 어차피 한국으로 가면 다시 보지 않을 인간인데 굳이 그럴 필요까지는 없겠지.'

김두찬이 그런 생각들에 잠겨 있을 때, 기사가 차를 멈췄다.

"도착했습니다. 김 작가님."

기사의 말에 김두찬은 차에서 내렸다.

그러자 눈앞에 영화 속에서만 보던 광경이 펼쳐졌다.

차가 많이 다니지 않는 한적한 도로의 저 앞쪽으로 높은 언덕 위에 우뚝 솟은 9개의 거대한 글자 'HOLLYWOOD(할리우드)'가 보였다.

"아."

김두찬이 입을 뻐끔거리며 감탄하고 있자니 기사가 다가와 친절한 설명을 덧붙였다.

"여기는 캐년 레이크 드라이브라 불리는 도로입니다. 보통은 할리우드 간판을 보기 위해 로스앤젤레스의 북쪽, 그리피스 파크의 천문대로 향합니다. 하지만 거기보다 이곳이 명당이라고 자신할 수 있습니다. 훨씬 가까이서 저 할리우드 간판을 명확하게 볼 수 있죠."

"멋지네요. 감사합니다. 제 인생에서 가장 멋진 광경 중 하나로 평생 남을 것 같아요."

김두찬이 진심을 담아 말했다.

기사가 멋진 미소로 화답했다.

"생각이 많아 보이시는데, 천천히 정리하시고 말씀 주세요. 저는 차 안에 있겠습니다."

기사가 운전석으로 들어갔다.

석양이 깔리는 시간.

주홍빛으로 물든 하늘 아래 붉게 물든 할리우드 간판이 더없이 아름다웠다.

김두찬은 생전 처음 보는 웅혼한 광경을 눈 안에 고스란히 담았다.

* * *

김두찬이 레이의 저택으로 돌아온 건 늦은 밤이 다 되어서였다.

레이와 샘, 그리고 레이첼은 그때까지도 술을 마시고 있었다.

다들 얼큰히 취해서 잔뜩 상기된 기분으로 김두찬을 반겼다.

레이첼은 김두찬을 보자마자 안겨들어 입을 맞추려 했다.

"왜 이제야 온 거예요. 내 사랑~!"

김두찬이 그런 레이첼에게 숙취 해소를 사용했다.

"어?"

레이첼은 머리끝까지 올랐던 흥이 갑자기 사라지자 돌처럼 딱딱하게 굳었다.

"술 많이 마셨어요?"

그런 레이첼에게 김두찬이 물었다.

"아… 많이 마시긴 했는데, 왜 이렇게 갑자기 깨지? 음… 더 마셔야겠다!"

레이첼은 명쾌하게 결론을 내리고서는 다시 술 마시는 데 집중했다.

샘과 레이는 김두찬과 시나리오에 대한 이야기를 나누며 열의를 불태웠다.

하지만 김두찬은 그들과 웃고 떠드는 와중에도 머릿속 한편으로는 노아에 대한 생각을 지울 수가 없었다. 그는 분명 자신에게 어떻게든 해코지를 하려 들 게 분명했다.

뿐만 아니라 한국에 있는 자신의 가족들까지 위협을 할 위인이었다.

때문에 김두찬의 마음은 영 편치 않았다.

그렇게 불편함을 안고 미국에서의 첫날 밤이 지나갔다.

* * *

다음 날.

김두찬은 궁궐 같은 방의 침대 위에서 눈을 떴다.

레이의 저택엔 수많은 객실이 있었는데 그중 가장 호화스러운 방 중 하나를 김두찬에게 내준 것이다.

잠에서 깬 김두찬에게 로나가 말을 걸었다.

—안녕히 주무셨나요?

'음… 푹 잔 것 같지는 않아.'

—그럴 거예요. 마음이 계속 불편했으니까요.

김두찬은 노아에 대한 신경으로 편안한 잠을 이루기가 힘들었다.

'내가 어떻게 하면 좋을까, 로나.'

—두찬 님 본인과 가족을 지켜야죠.

'네가 보기에도 노아는 무슨 일을 저지를 것 같지?'

—사이코패스. 두찬 님의 판단이 정확하답니다. 그냥 둬서는 안 되는 인간이랍니다.

'그게 고민이야. 어떻게 해야 노아를 막을 수 있을지. 그때 엮이는 게 아니었는데.'

—노아가 저지른 악행들을 확실히 세상에 터뜨리기만 한다면 알아서 자멸할 거랍니다.

'알아서 자멸한다니?'

—노아 같은 타입은 사회적 책임이라든가 주변의 시선 같은 것을 크게 신경 쓰지 않는답니다. 오로지 자신이 관심 있어 하는 것, 그리고 이루고자 하는 것을 위해서만 살아가는 인간이죠.

'그건 나도 알아.'

—그런데 와튼버그가에서 막을 수도 없을 만큼 노아의 범죄 행각들이 만천하에 드러난다면, 그는 어떤 행동을 취할까요?

김두찬은 가만히 생각해 봤다.

공권력을 가진 집단이 정의를 구현하기 위해 노아를 잡으러 온다면?

그는 과연 순순히 끌려갈 것인가?

김두찬이 느꼈던 노아의 성정을 대입해 보면 절대 그럴 리 없을 거라는 결론이 나왔다.

노아는 일단 가문의 그늘 아래 숨으려 할 것이다.

김두찬이 거기까지 가정했을 때 로나가 다시 끼어들었다.

—하지만 지금 노아가 저지르고 있는 악행들은 결코 가문에서 덮어줄 수 있는 수준이 아니랍니다. 해서 법의 처벌을 받을 경우 그는 종신형, 혹은 사형도 각오해야 한답니다.

'아울러 노아는 그러한 현실을 제대로 인지하고 있지.'

—맞아요. 어차피 잡혀가면 인생이 끝난다는 걸 알고 있는 상황에서 그는 어떻게 행동할까요?

'도망치려 들 거야. 그것도 여의치 않으면 자신을 잡으려는 이들과 어떻게든 맞서 싸우려 들겠지. 자신이 이용할 수 있는 모든 힘을 다 동원해서.'

—그럼 결과가 눈에 보이시겠네요.

결국 그 끝에는 노아의 파멸만이 존재한다.

문제는 노아의 범죄를 어떻게 세상에 알리느냐 하는 것이었다.

거기에 대한 해답도 로나가 던져주었다.

—지금이야말로 세계 도서관에 접속할 때랍니다.

*　　　*　　　*

세계 도서관.

지력의 랭크가 S로 업그레이드되면서 얻게 된 능력이었다.

세계 도서관엔 지구의 모든 정보들이 데이터베이스화되어 담겨 있다.

개개인이 속으로 하는 생각까지는 알 수 없으나 말하고 행동한 것에 대해서는 전부 열람이 가능했다.

액티브 능력으로 하루 한 번 접속 가능하며 15분 동안 정보를 열람할 수 있다.

'좋아. 세계 도서관에 접속하겠어.'

김두찬의 의지가 발현되자 그의 의식이 내면 깊은 곳으로 침잠했다.

주변의 광경이 허물어져 내리고 광활한 우주가 펼쳐졌다.

놀란 김두찬이 주변을 두리번거렸다.

"이건……?"

—여기가 바로 세계 도서관이랍니다. 두찬 님은 이곳에서 15분 동안 세상의 모든 정보를 열람할 수 있답니다.

"어떻게 사용하는 건데?"

―확인하고 싶은 것을 아무거나 떠올려 보세요.

김두찬은 노아를 떠올렸다.

그러자 그의 앞에 노아와 관련된 모든 정보들이 나타났다.

그것은 김두찬의 주변을 가득 메우고도 남을 만큼 방대했다.

―지금 보이는 것은 세계 도서관에서 가져온 노아에 관한 모든 정보랍니다.

'그렇구나. 이 다음은 어떻게 해야 돼?'

―기다리세요.

'뭘?'

―노아와 관련된 모든 것들이 김두찬 님의 머릿속으로 들어오는 것을요.

로나의 말이 끝나는 순간 방대한 정보들은 김두찬의 의지와 상관없이 홍수처럼 밀려들어 왔다.

한데 김두찬이 들여다본 노아의 인생에 관한 정보들은 거르고 보지 못한 나머지 정보들만 각인이 됐다.

한없이 많은 정보들 속에서 김두찬은 지금 자신에게 필요한 부분을 짚어냈다.

'노아에게 깊은 원한이 있는 사람들의 정보를 더 자세히 알고 싶어.'

그러자 노아의 정보가 사라지고 새로운 정보들이 나타나 주변을 가득 메웠다.

그 정보들은 다시 김두찬의 머릿속으로 흘러들어 왔다.

노아에게 원한을 가진 사람들은 수도 없이 많았다.

하지만 특히 거대한 원한을 가진 사람들은 셋 정도로 꼽을 수 있었다.

한데 그중 한 명은 미국 100대 자산가 안에 드는 가문의 인물이었다.

그의 이름은 다니엘 브라운(Daniel Brown).

브라운가는 세기의 결혼을 앞두고 있는 와튼버그와 허스트 가문과 비슷한 재력을 가진 명문가였다.

다니엘 브라운은 그 가문의 장남으로 올해 27살이었다.

그는 브라운 가문을 이끌어갈 가장 뛰어난 인재로 주목받고 있었다.

김두찬은 다니엘 브라운에 관한 정보를 더 정확히 살폈다.

브라운 가문은 와튼버그 가문과 오래전부터 관계가 썩 좋지 않았다.

두 가문의 주력 사업 종목이 같은 분야라는 것에서부터 일단 친목을 다지기는 어려운 상황이었다.

아울러 두 가문은 성향 또한 정반대였다.

브라운가는 이권 다툼 싸움에서 최대한 클린하게 가려고

했지만 와튼버그 가문은 온갖 더러운 술수를 자행했다.

그런 세월이 쌓여가다 보니 두 가문은 계속해서 멀어지며 서로를 원수 보듯 할 수밖에 없었다.

그런 와중 다니엘은 노아에게 개인적인 원한까지 갖고 있었다.

다니엘이 성인이 된 날, 브라운가에서는 그의 성년식을 축하하는 파티를 저택에서 열었다.

그 자리엔 미국 정재계 유명 인사들이 참석했고 당연히 노아 역시 와튼버그 가문의 대표 자격으로 걸음을 했었다.

한창 파티 자리가 무르익어 갈 때였다.

당시 다니엘은 앵무새 한 마리를 키우고 있었다.

'포우'라는 이름의 앵무새는 다니엘에게는 사람보다 더 소중한 친구였다.

올러비는 포우를 새장에 가두어 키우지 않았다.

녀석은 사람을 두려워하지 않았고 사교성이 좋아 누구에게나 예쁨을 받았다.

파티 날도 포우를 평소처럼 풀어놓았다.

포우는 주로 다니엘의 어깨에 앉아 있었지만 이따금 다른 사람에게로 날아가 재롱을 떨고 오곤 했다.

그런데 하필이면 그 많은 사람 중 포우는 노아에게 날아갔다.

노아는 자신에게 다가온 포우를 들고 있던 포크로 찍어버렸다.

뾰족한 세 개의 날이 포우의 목을 뚫어버렸고, 녀석은 그대로 죽음을 맞았다.

이를 자신의 눈으로 똑똑히 보고 만 다니엘은 경악했다.

그가 당장 노아의 뺨에 주먹을 꽂아 넣고서는 왜 그런 것이냐며 고함치듯 물었다.

노아는 눈물로 범벅이 되어 완전히 일그러진 다니엘을 무감정하게 쳐다보고서는 담담하게 대답했다.

"새를 싫어하거든."

그게 포우를 죽인 이유였다.

다니엘은 노아에게 축객령을 내렸고, 노아는 미련 없이 저택을 나가 버렸다.

이후로 다니엘은 노아를 철천지원수 대하듯 했다.

가문의 경쟁을 넘어서서 어떻게든 기회만 잡힌다면 노아라는 인간의 인생을 끝장내 버리고 싶어 했다.

'다니엘 브라운. 그 원한, 내가 푸는 걸 도와주지.'

김두찬은 세계 도서관에서 다니엘의 전화번호를 알아내어 기억했다.

그 시점에 세계 도서관의 접속이 끝났다.

광활한 우주가 사라지고 다시 묵고 있던 객실의 광경이 나타났다.

그는 당장 저택을 나섰다.

다들 아직 자고 있는 모양인지 김두찬은 조용히 밖으로 나올 수 있었다.

해가 뜨지도 않아 푸르스름한 거리를 김두찬은 방황했다.

공중전화를 찾기 위해서였다.

그러다 드디어 공중전화가 눈에 띄었고 바로 들어가 다니엘의 번호로 전화를 걸었다.

아직 세상이 깨어나기에는 이른 시간이었지만 신호가 몇 번 가기도 전에 상당히 절제된 차분한 음성이 들려왔다.

—다니엘입니다. 누구십니까.

"내가 누구인지는 그렇게 중요한 문제가 아닙니다."

—네? 음… 장난 전화라면 여기서 그만두는 게 좋을 거라고 경고하도록 하죠.

"장난 전화라 생각하고 끊어버린다면 평생을 후회하게 될 거라고 경고하겠습니다."

—끊겠습니다.

다니엘은 가차 없이 전화를 끊으려 했다.

하지만.

"노아 와튼버그."

김두찬의 입에서 나온 원수의 이름에 행동을 멈췄다.

—그 이름을 내 앞에서 올리는 사람은 별로 없다는 걸 모르는가 보군요. 아니면 알면서도 의도적으로 그랬거나.

"당신에겐 그가… 가능하다면 죽여 버리고 싶을 정도로 증오스러운 인간이라는 걸 모르는 사람이 있을까요?"

—무슨 말이 하고 싶은 겁니까? 한 번 더 경고하건데, 괜히 날 놀릴 심산으로 이런 짓을 벌인 거라면 각오해야 할 겁니다. 당신이 누구인지 찾아내는 건 일도 아닙니다.

"그런 데에 허비할 시간이 있을까요? 전화를 끊고 나면 당신은 노아를 잡는 데 주력해야 할 텐데요."

그제야 다니엘은 전화를 건 정체 모를 사람이 어떠한 키를 쥐고 있음을 눈치챘다.

—내게 뭘 말해주려는 겁니까?

다니엘의 말투가 전보다 한결 부드러워졌다.

"드디어 대화가 통하겠군요. 메모지와 펜을 준비하세요."

—잠시만요.

이어, 부스럭거리는 소리가 들리더니 다시 다니엘이 대답했다.

—준비했습니다.

김두찬은 그런 다니엘에게 어떤 아이디 하나와 비밀번호를 알려주었다.

이를 고스란히 옮겨 적은 다니엘이 김두찬에게 물었다.

—이게 뭡니까?

“노아 와튼버그의 비공개 SNS계정입니다.”

—……!

김두찬은 상상 공유에서 노아의 비공개 SNS계정이 있다는 걸 알아냈다.

그 계정 안에는 말로 다 형언 못 할 갖가지 동영상들이 업로드되어 있었다.

마약 파티를 벌이면서 코카인을 흡입하는 건 기본이고, 후원 학생들을 성추행하며 그들의 발가벗겨진 몸을 촬영한 영상도 수두룩했다.

그 영상들의 존재 의의는 ‘무기와 보험’이었다.

노아는 약을 할 때 혼자서 은밀하게 진행하는 법이 없었다.

그와 어울리는 부잣집 자제들을 모아서 마약 파티를 열었다.

그리고 마약을 투여하는 친구들의 모습을 몰래 영상으로 담아 비공개 계정에다 저장했다.

이 영상들은 전부 노아가 친구들을 마구 주무를 수 있는 무기가 되어주었다.

아울러 아직 청소년인 어린 후원 학생들을 성추행하며 알몸을 찍은 영상은 그에게 보험이 되었다.

노아에게 당한 일을 발설하는 순간 그 영상들이 인터넷에

퍼뜨려질 테니 말이다.

아무튼 이런 사실을 알아낸 김두찬은 그 계정의 아이디와 비밀번호를 확인하고 싶었으나 상상 공유에서는 불가능했다.

그것은 한 인간의 인생을 전반적으로 보여주지만 세세한 부분까지 짚어나가지는 못한다.

한데 세계 도서관에서 그 계정의 아이디와 비밀번호를 알아냈다.

그것을 지금 다니엘에게 알려준 것이다.

"그 계정 안에는 말로 다 표현하기 힘들 만큼 더러운 영상들이 담겨 있습니다. 그리고 같은 아이디와 비밀번호를 사용하는 노아의 비공개 웹하드가 있습니다."

김두찬은 웹하드의 종류를 알려준 뒤 말을 이어나갔다.

"거기에 접속하면 노아가 주변 사람들 몰래 무슨 사업을 꾸려 나가고 있었는지 알게 될 겁니다."

당연히 김두찬이 말하는 사업이란 마약 사업을 뜻하는 것이었다.

하지만 통화상으로는 자세히 언질하지 않았다.

어차피 다니엘이 웹하드에 올라간 장부들을 살펴보면 그게 뭔지 대번에 알 수 있을 터였다.

"참고로 비공개 SNS에는 스스로에게 폭탄이 될 법한 영상들도 제법 많이 있습니다."

노아는 무슨 생각에서인지 자신이 마약을 하는 모습도 촬영해서 올렸다.

아울러 후원 학생에게 성적 학대를 가하는 영상 속에서 스스로의 얼굴을 자주 노출시켰다.

보통 사람이라면 자신을 철저히 감출 텐데 노아는 그러지 않았다.

일반인의 상식으로는 이해할 수가 없는 행동이었다.

그래서 이해하지 않기로 했다.

어차피 그 인간은 사이코패스다.

상식의 범주 안에서 재단할 수가 없었다.

"그럼 이제 당신이 해야 할 일이 무언지 잘 알 거라고 생각합니다."

김두찬이 통화를 끝내려 했다.

그러자 이제 아쉬워진 건 반대로 다니엘이었다.

—잠깐만. 당신… 누굽니까?

"그걸 꼭 알아야 할 이유가 있을까요?"

—어떻게 이런 걸 알아낸 겁니까?

"…노아에게 원한이 있는 해커라고 해두죠."

다니엘은 김두찬이 절대 정체를 밝히지 않을 거라는 걸 알고서 수긍하기로 했다.

—알겠습니다. 아무튼 당신이 한 말이 진실이라면 미리 고

맙다는 말을 해두고 싶군요.

"그 인사 받겠습니다. 제 말엔 거짓 한 톨도 없으니까요."

거기까지 얘기하고서 김두찬은 전화를 끊었다.

이제 다니엘이 알아서 일을 처리해 주기만을 기다리면 될 일이었다.

'언제쯤 터뜨리려나.'

이왕이면 오늘 약혼 파티가 일어날 때 크게 뒤집어주면 더 좋을 것 같았다.

공중전화 부스에서 나와 다시 저택으로 돌아오는 길.

김두찬은 노아의 약혼 파티가 엉망이 되는 광경을 상상하며 픽 웃었다.

그걸 두 눈으로 볼 수 있다면 정말이지 통쾌하기 그지없을 것 같았다.

그때 문득 샘과 레이첼이 약혼 파티에 초대받았었다는 사실이 떠올랐다.

그들은 김두찬을 그 파티 자리에 이끌고 가겠다 말했었다.

'오늘 저녁이라고 했었지.'

저택으로 돌아온 김두찬은 허기가 밀려왔다.

다행히 홀에는 어제 파티를 벌이다 남은 음식 몇 가지가 정갈하게 담겨 있었다.

김두찬은 소파에 앉아 그 음식을 천천히 음미했다.

역시나 음식들은 하나같이 맛이 기가 막혔다.

"부자들은 항상 이런 걸 먹나? 그럼 오늘 약혼 파티에도 이런 음식들이 나오려나. 음… 궁금하네. 별수 없이 직접 가서 확인해 보는 수밖에."

김두찬이 개구쟁이 같은 미소를 머금었다.

*　　　*　　　*

레이첼은 하루 종일 들떠 있었다.

그녀는 파티를 정말 좋아하는 여인이었다.

저녁 시간이 다가오자 레이첼의 흥은 최고조에 올랐다.

오늘 입고 갈 옷을 매니저에게 가져오게 한 뒤, 머리부터 발끝까지 멋지게 쫙 빼입고는 콧노래까지 흥얼거렸다.

"흐으응~ 매일 이렇게 파티만 하고 살았으면 좋겠다."

그 모습을 보고 샘이 웃었다.

"그래도 될 만큼 벌어놓지 않았나?"

"그러고도 남죠."

샘과 레이첼이 동시에 웃음을 터뜨렸다.

파티를 기대하는 두 사람과 달리 레이는 심드렁한 반응이었다.

"레이도 초대받았죠?"

레이첼이 레이에게 팔짱을 꼈다.

레이는 대번에 팔을 빼내고서는 고개를 휘휘 저었다.

"안 가!"

"왜요?"

"지들이 결혼을 하면 하는 거지, 나랑 그게 무슨 상관이야?"

레이는 단호하게 파티에 가지 않겠다며 못을 박았다.

그는 자신의 일과 관련된 사항이 아니면 철저하게 무관심으로 일관했다.

결국 파티에는 레이를 제외한 나머지 사람들만 참석하기로 했다.

저녁이 되기 전까지 김두찬은 레이 대표와 샘 감독에게 붙잡혀 열심히 작품 이야기를 나눴다.

레이첼은 가볍게 술을 마시며 그 광경을 흥미롭게 지켜봤다.

거장들과 함께 나누는 대화는 언제나 즐거웠다.

김두찬은 자신의 작품이 과연 이들의 손에서 어떻게 탄생하게 될지 기대됐다.

샘은 내년 여름에 영화를 개봉할 계획이었다.

레이는 가을에 애니메이션을 완성하겠다는 의지를 보였다.

그러자 샘이 씩 웃더니 레이를 도발했다.

"만약 적이 가을에 개봉한다면 어찌할 텐가?"

"아리랑에게 시원하게 밟히는 거지."

"과연 그럴까?"

"떠들어봤자 입만 아프지!"

"제작사에 연락해서 개봉일을 늦춰야겠군."

"굳이 벌주를 마시겠다면 말리지 않지."

"과연 누가 벌주를 마시게 될까?"

두 거장의 눈에서 불길이 이글거렸다.

이를 본 김두찬이 슬쩍 그들을 말렸다.

"저기, 두 분 다 괜한 승부욕을 불태우시는 것 같은데요."

"승부할까?"

"하자고."

이미 두 사람에게는 김두찬의 말이 들리지 않는 상태였다.

샘은 당장 제작사에 전화해 개봉 시기를 가을로 변경했다.

감독 한 명의 말로 영화의 개봉 시기가 바뀌는 건 이례적인 일이었다.

하지만 샘이기에 그것이 가능했다.

그가 개봉 시기를 늦출 땐 늘 이유가 있을 거라고 제작사는 믿었다.

항상 영화가 흥행하기 가장 좋은 시기에 개봉일을 맞추는 것이 바로 그였기 때문이다.

아울러 한 가지 더.

샘의 말이 제작사에게 절대적인 이유는 그가 제작사의 대표이사이자 최대 주주였기 때문이다.

아무튼 이것으로 적과 아리랑은 같은 계절에 개봉해 자웅을 겨루게 됐다.

김두찬은 잠시 이 상황이 자신에게 득이 될지, 해가 될지 고민했다.

결론은 득이 된다는 쪽으로 나왔다.

동양의 작가가 집필한 시나리오로 영화와 극장용 애니메이션이 같은 시기에 개봉을 한다면, 그리고 그것이 샘과 레이의 작품이라면 어마어마한 화제가 될 것이 분명했기 때문이다.

그런 생각을 하는 김두찬의 시선이 의미심장한 미소를 짓고 있는 레이와 샘의 모습으로 향했다.

김두찬이 설마 하며 샘에게 이모션 스틸을 사용했다.

이모션 스틸은 소매치기 S랭크의 특전으로 상대방이 현재 느끼고 있는 감정을 훔치는 기술이었다.

김두찬이 레이에게서 느낀 그의 현재 감정은 기쁨과 약간의 흥분, 그리고 통쾌함이었다.

마치 자기의 생각을 누군가 알아채고 장단을 맞춰줬을 때에 느낄 수 있는 그런 종류의 것이었다.

그제야 김두찬은 레이와 샘이 절대 기분에 따라 생각 없이 행동할 인물들이 아니라는 걸 알았다.

샘은 이미 판을 짜고서 레이를 자극한 것이다.

레이는 그런 샘의 의도를 알아챈 뒤 적당히 받아치며 샘을 놀렸다.

그에 샘이 발끈해서 개봉일을 옮긴 것 같은 상황이 벌어졌다.

그것이 전부 의도된 것이었다.

'그냥 평범하게 가는 법이 없네.'

괴짜들 사이에 끼어 있으니 심심할 일이 없는 김두찬이었다.

* * *

김두찬 일행이 연회장에 도착한 시간은 오후 7시였다.

그들은 모두 술을 한 잔씩 한 상태였기에 레이의 기사가 차를 몰아 연회장으로 인도해 주었다.

사실 취기는 김두찬이 적절히 사용해 준 숙취 해소 능력 덕분에 별로 없었지만 말이다.

연회장은 로스앤젤레스에 있는 가장 큰 호텔의 대형 레스토랑이었다.

연회장의 주변은 검은 양복을 입고 선글라스를 낀 경호원들로 가득했다.

특히 입구 주변엔 여섯 명의 경호원이 진을 치고 서서 초대된 이들의 신분을 정확하게 파악하고 있었다.

한데 연회장으로 들어서는 이들의 면면이 하나같이 대단했다.

이름만 대면 알 만한 할리우드 스타들과 비싼 옷으로 도배를 한 정재계 유명 인사들이 입구를 가득 메운 상태였다.

물론 김두찬은 정재계 인사들에는 관심이 없었다.

알지도 못했다.

그의 시선은 오로지 할리우드 스타들의 얼굴만 좇고 있었다.

"가볼까?"

레이첼이 가볍게 몸을 풀며 김두찬의 손을 잡고 이끌었다.

스크린에서만 보던 배우들을 실제로 접하게 되어 정신 놓고 있던 김두찬이 저도 모르게 끌려갔다.

그 뒤를 샘이 따라 걸었다.

앞서 줄을 서 있던 사람들이 연회장 안으로 하나둘 들어가고 이제 김두찬 일행의 차례가 되었다.

샘과 레이첼의 신분은 간단히 확인이 됐지만, 예상대로 김두찬이 문제였다.

그의 얼굴은 미국에서 아는 사람이 거의 없는 데다가 초대

명단에도 이름이 올라 있지 않기 때문이다.

두상을 깨끗하게 면도한 거구의 흑인이 김두찬을 살폈다.

선글라스 너머로 자리한 그의 눈동자가 예리하게 빛났다.

그런 흑인을 향해 레이첼이 말했다.

"샘 감독님의 차기작을 이분이 썼어요. 어제는 레이 스미스 대표를 만나 다즈니 차기작을 계약했고요. 신분은 우리가 대신 보증하기로 하고. 이 정도면 됐죠?"

"이보다 확실한 신분 증명이 또 있을까 싶은데."

샘이 레이첼을 거들었다.

"으음."

흑인 경호원은 쉽게 고개를 끄덕이지 않았다.

전 세계적인 유명인 둘이 김두찬의 신분을 증명했지만, 명단에 이름이 없으니 들여보내기가 애매했다.

결국 레이첼이 강짜를 놨다.

"김 작가님, 그냥 돌아가요."

"네?"

"기분 나빠서 파티 참석 못 하겠어. 당신 이름이 어떻게 돼요?"

레이첼이 몸을 휙 돌리는 척하며 흑인 경호원에게 물었다.

그가 얼떨결에 대답했다.

"애… 앤드류 잭슨."

"앤드류, 잘 들어요. 난 비비안에게 당신 때문에 연회에 참석하지 않았다고 말할 거예요."

"그럼 난 올리버에게 전달하지."

레이첼과 샘이 허스트 가문의 부녀에게 이 사실을 고하겠다고 했다.

앤드류에게는 가장 무서운 협박이었다.

"으음……."

이런 상황에서 경호 회사 직원인 앤드류가 할 수 있는 일은 한 가지밖에 없었다.

그가 침음을 흘리며 길을 텄다.

"역시, 이렇게 나와야 서로 편하지."

레이첼이 앤드류의 손을 잡아챘다.

그러고는 손등에 입을 맞추고서 김두찬과 함께 연회장으로 들어섰다.

뒤를 따라가던 샘도 앤드류의 손을 잡아채려 했다.

그러자 앤드류가 기겁하며 뒤로 물러났다.

샘은 유유자적 미소를 흘리며 연회장으로 발을 들였다.

*　　*　　*

연회장은 실외보다 실내가 더욱 화려했다.

회장을 가득 채운 내빈들은 아는 얼굴끼리 두런두런 모여 이야기를 나누면서 술을 즐겼다.

샘과 레이첼이 회장에 등장하자 여기저기서 인사가 쏟아졌다.

두 사람은 그 많은 이들의 인사를 일일이 받아주느라 정신이 없었다.

그러는 사이 김두찬은 뻘쭘하게 서 있다가 두 사람에게서 멀어졌다.

그들은 이미 제각각 이 무리 저 무리로 끌려가고 난 뒤였다.

홀로 남은 김두찬은 뭘 해야 하나 싶어 주변을 두리번거렸다.

한데 그런 그의 시선에 비친 사람들의 호감도가 빠르게 올라가는 게 보였다.

이윽고 김두찬의 곁으로 여러 사람들이 모여들었다.

그들 중 대부분은 여자였다.

"처음 보는 얼굴이네요? 동양 쪽에서 유명한 배우신가 봐요? 제가 그쪽 영화에는 영 관심이 없어서 거들떠도 안 봤는데, 이제 좀 찾아봐야겠네요."

가장 먼저 김두찬에게 접근한 백인 여성이 말을 걸었다.

한데 김두찬은 그녀의 이름을 알고 있었다.

1년 전 개봉했던 영화, '잊지 못하는 가을'의 여주인공 제니퍼 램이었다.

그녀 역시 레이첼처럼 세계적인 스타였다.

청순가련의 대명사로서 근 몇 년 사이 크게 흥행한 로맨스 영화의 여주인공 역할은 그녀가 전부 꿰찼다고 해도 과언이 아니었다.

한데 김두찬이 지금 느낀 제니퍼의 이미지는 청순가련과는 거리가 있었다.

아니, 거리 정도가 아니라 정반대였다.

제니퍼는 작은 숨결부터 시작해서 소소한 행동 하나, 그리고 목소리에서까지 강렬한 색기가 풍겨졌다.

'배우들의 만들어진 이미지는 믿을 게 아니구나.'

보통의 남자였다면 제니퍼의 색기에 홀렸을 테지만 김두찬은 그런 생각부터 먼저 들었다.

제니퍼를 시작으로 영화 속에서만 보아왔던 여배우들이 너도나도 김두찬에게 질문을 퍼부었다.

그 질문들은 하나같이 개인적인 것들이었다.

개중에는 노골적으로 오늘 밤 같이 침대에서 뒹굴 마음이 있냐고 묻는 여배우도 있었다.

여배우들 사이에 둘러싸인 김두찬에게는 자연스레 다른 남자들의 시선이 꽂혔다.

이 파티에 모인 남자들은 어디에 가도 빠지지 않는 스펙을 자랑하는 이들이었다.

어떤 자리에 참석을 해도 늘 주인공의 기분을 만끽하는 이들이었다.

한데 지금 이름도 알지 못하는 낯선 동양인 한 명으로 인해 그들 모두가 엑스트라로 전락했다.

기분이 상당히 별로인 와중에도 함부로 김두찬을 깔아뭉개지 못했다.

그러기에는 김두찬의 외모가 이루 말할 수 없을 만큼 어마어마했다.

감히 함부로 접근하기조차 겁이 나는 외모였다.

옆에 잘못 섰다가 오징어로 낙인찍히지 않으려면 피해 다니는 게 상책이라는 생각이 들 정도였다.

어디 가서 미모로 빠지지 않는다고 자부하는 이들까지도 김두찬의 곁에 가는 걸 포기했다.

그만큼 김두찬의 미모는 절대적이었다.

전 세계적으로 적수가 없다고 하는 게 맞았다.

이미 김두찬은 그 정도의 수준에 다다랐다.

그렇게 김두찬에 대한 관심은 여인들로부터 시작해서 그를 시기하는 남자들에게로 뻗어나갔다.

그때 파티의 주인공들이 등장했다.

비비안과 노아였다.

그들은 레스토랑의 2층 계단에서 모습을 드러냈다.

노아는 비비안을 에스코트하며 1층으로 내려왔다.

두 사람 모두 입가에 잔잔한 미소를 머금고 있었다.

그러나 노아의 미소는 기계적이었고 비비안의 미소는 힘겨워 보였다.

그러거나 말거나 파티에 초대된 사람들은 환호성을 보내며 두 사람의 약혼을 축하했다.

그에 노아가 두 사람 대표로 감사의 인사를 하기 위해 미리 마련된 단상 위로 올라섰다.

그런데.

'음?'

그의 시야에 유독 한 사람에게만 관심이 집중된 무리가 들어왔다.

노아는 의아했다.

이 자리는 자신과 비비안의 약혼을 축하하는 자리다.

그런 만큼 주인공은 우리 두 사람 외에 다른 이가 될 수는 없었다.

한데, 손님으로 초대된 이가 저토록 많은 사람의 주목을 받는 건 그다지 유쾌한 일은 아니었다.

'우리를 쳐다보지도 않아?'

노아가 더 기분 나빴던 것은 한 사람에게 집중된 사람들의 시선이 고정되어 버린 듯 다른 곳으로 움직이지 않는다는 사실이었다.

심지어 파티의 주인공이 등장했음에도 말이다.

대체 누가 왔기에 저 정도의 반응을 보이는 건지 싶어, 노아가 이 사태를 일으킨 주인공을 자세히 살폈다.

한데.

'다즈니 랜드의 원숭이?'

노아의 눈에 들어온 이는 바로 다즈니 랜드에서 만났던 그 재수 없는 동양인이었다.

노아가 비틀어진 미소를 머금었다.

하지만 그것은 찰나지간 사라졌다.

아무도 이를 본 사람이 없었다.

그때쯤 김두찬도 노아의 모습을 확인했다.

두 사람의 시선이 허공에서 얽혔다.

노아가 단상에서 김두찬을 손으로 가리켰다.

그러자 모두의 시선이 김두찬에게로 향했다.

비비안 역시 김두찬을 바라봤다.

그 순간.

"……!"

그녀의 숨이 턱 막혔다.

비명을 지를 뻔한 걸 겨우 참아내고서 비비안은 눈을 꾹 감았다.

설마 이게 꿈은 아니겠지?

꿈이라면 잠깐만 이대로 깨지 말았으면.

눈을 감았다가 떠도 그 사람이 그대로 내 앞에 있었으면.

그런 바람을 담고 천천히 감았던 눈꺼풀을 들어 올렸다.

그런데.

"하아."

여전히 그대로 있었다.

비비안의 앞에 존재하는 건, 진짜 김두찬이었다.

평소 그의 글들을 좋아하는 그녀였기에 김두찬의 사진까지 직접 찾아보곤 했다.

처음 김두찬의 사진을 접했을 때 비비안은 심장이 쿵 하고 내려앉는 줄 알았다.

허스트 가문의 영애로서 잘나고 잘난 남자들은 숱하게 보아온 그녀였다.

그 누군가는 손 한 번 잡아보기를 원하는 톱스타들이 먼저 그녀에게 손을 내미는 일도 허다했다.

그럴 때도 비비안은 아무런 감흥이 없었다.

워낙 잘난 사람들만 보고 자라왔기 때문이었다.

미의 기준 자체가 높아져 버린 것이다.

그런데 김두찬은 그녀에게 형성되어 있던 미의 기준을 초월하는 미모를 가지고 있었다.

도저히 소설가라고는 믿기 어려운 얼굴이었다.

비비안은 그날 이후부터 자신을 글로 한 번, 미모로 두 번 흔들어 버린 김두찬이라는 사람을 언젠가 만날 수 있기를 소망했다.

물론 마음만 먹으면 강제적 인연을 맺는 것이야 어렵지 않은 일이었다.

실제로 그렇게 해서 만나본 사람도 있었다.

하지만 비비안은 김두찬에게만큼은 그렇게 하기 싫었다.

김두찬은 그녀에게 있어서 선망의 대상이었다.

그리고 너무 어린 나이에 이미 세상을 알아버린 그녀에게 소녀의 감성을 되찾아준 사람이었다.

그런 그에게 어떠한 무례도 저지르기가 싫었다.

'무엇보다…….'

노아와의 결혼으로 인해 심각한 우울증을 겪을 때 김두찬의 글이 힘이 되어주었다.

그렇지 않았다면 이미 오래전에 그녀는 어떠한 선택을 하게 되었을지 모를 일이었다.

그녀의 아버지인 올리버도 걱정할 정도였으니 말이다.

비비안이 노아와 연을 맺기 싫다며 힘들어할 때마다 겉으로는 응석 부리지 말라며 따끔하게 혼을 냈지만 속으로는 저러다 딸아이가 잘못되는 건 아닌지 조마조마했다.

그 때문에 집사 브래드에게 평소보다 더 세심하게 비비안을 지켜보라 당부했었다.

하지만 비비안은 김두찬의 글 '괜찮아'로 우울증을 버텨냈다.

그만큼 김두찬은 그녀의 일상에 아주 큰 부분을 차지하고 있었다.

그런 그가 지금 이 연회장에 나타났다.

비비안의 가슴이 콩닥거리며 뛰었다.

양 볼에는 붉게 홍조가 어렸고, 김두찬에게 향한 시선은 미세하게 떨려왔다.

그때, 노아가 그런 비비안의 모습을 봤다.

잠시 잠깐, 노아의 눈에 살의가 일었다가 잠들었다.

노아는 여전히 김두찬을 가리키고 있는 손에 힘을 주며 말했다.

"초대받지 않은 손님이 오신 것 같네요."

노아의 말에 김두찬이 어깨를 으쓱했다.

"나도 그다지 오고 싶지 않은 자리였습니다만."

"오고 싶지 않았다… 그런데 왜 오셨죠?"

"배가 고파서 한 끼 때우려고."

김두찬의 말에 사방에서 실소가 터져 나왔다.

그러다 몇몇 사람이 웃음을 터뜨렸고, 그 웃음은 빠르게 전염되었다.

연회장은 곧 웃음바다가 되었다.

누구도 이 자리에 초대받은 사람의 입에서 저런 말이 나올 거라고는 생각지 못했기 때문이다.

쾅!

그때, 노아가 단상 위에서 발을 쾅! 굴렀다.

묵직한 굉음에 사람들이 일제히 웃음을 멈췄다.

'또 눈 돌아갔군.'

누군가 노아를 보며 그렇게 생각했다.

노아는 언제 어디서 터질지 모르는 시한폭탄 같은 존재다.

큰 문제는 일으키지 않았어도 공개적으로 사람을 짓밟거나 무시하는 경우는 빈번했다.

그래서 다들 알았다.

노아가 김두찬을 오늘의 제물로 찍었다는 걸.

"배가 고프면 집에서 밥을 먹어야지요. 초대받지도 않은 곳에 기어들어 와서 거지 새끼처럼 그게 뭐 하는 경우인지 모르겠네요. 그래요. 이왕 들어온 거, 파티가 끝날 때까지 기다리도록 해요. 남은 음식 찌꺼기라도 싸줄 테니까."

노아의 독설이 본격적으로 튀어나왔다.

그러자 사람들은 잔뜩 기대하는 시선을 김두찬에게 던졌다.

과연 정체 모를 저 미남 신사가 어떻게 대처할지 궁금했다.

김두찬은 말없이 한 손을 들어 보였다.

거기엔 한 입 베어 먹은 쿠키가 들려 있었다.

김두찬이 그것을 바닥에 툭 던졌다.

"됐습니다. 이걸 먹느니 굶어 죽는 게 낫겠어요. 맛이 참 한 마디로… 아, 그래요. 당신 같네요."

"무슨 말이죠?"

노아가 고개를 갸웃하며 되물었다.

김두찬이 씩 웃으며 대답했다.

"역겹다고."

"오우!"

"워어~"

여기저기서 탄성이 흘러나왔다.

김두찬이 노아에게 제대로 한 방을 먹였다.

노아의 얼굴에 재미있다는 미소가 자리했다.

상황이 그쯤 되자 레이첼과 샘의 안색이 불편해졌다.

김두찬을 이곳으로 데리고 온 당사자들이니 당연한 반응이었다.

샘은 팔짱을 꼈고 레이첼은 고개를 모로 꺾어 삐딱하게 노아를 노려봤다.

둘 다 여차하면 튀어 나가겠다는 전투 의지가 엿보였다.

지금은 어떻게 돌아가는 상황인지 알 수 없으니 일단은 지켜보기로 했다.

그들이 이토록 맹목적으로 김두찬을 믿고 편드는 건 그와 더 친해서 그런 것도 있지만, 노아의 인성이 어떤지에 대해서 잘 알기 때문이었다.

누군가 노아와 트러블이 생긴 후, 상황을 되짚어보면 늘 잘못은 노아에게 있었다.

이번에도 다를 게 없을 거라 생각했다.

노아는 그런 줄도 모르고 김두찬에게 돌이킬 수 없는 일을 저질렀다.

"당장 여기서 나가. 냄새나는 미개한 원숭이 새끼야."

그 말에 좌중에서 다시 한번 탄성이 터졌다.

김두찬의 곁에서 미소 짓던 여자들은 노아에게 짜증스러운 시선을 날렸다.

방금 그 발언은 그녀들을 미개한 원숭이에게 꼬리나 치던 여자로 전락시켜 버렸기 때문이다.

하지만 노아는 그런 것 따위 신경 쓰지 않았다.

그에겐 오로지 김두찬을 벌레처럼 짓눌러 터뜨려 버릴 생각만 가득했다.

아울러 그의 가족까지도 기필코 가만두지 않으리라 다짐했다.

어차피 다즈니 랜드의 일로 김두찬과 그의 가족들 모두 죽여 버릴 셈이었지만, 당초 계획했던 것보다 더 비참한 죽음을 내릴 것이리라.

김두찬이 아무런 대꾸도 없이 노아를 응시했다.

그러자 노아가 주변을 둘러보며 소리쳤다.

"대체 초대도 받지 않은 저런 게 왜 여기에 들어와 있는 거지? 누가 들여보낸 겁니까! 역겨워 미칠 지경이군!"

노아의 말이 계속해서 거칠어지자 비비안이 참지 못하고서 그를 말리려 나섰다.

그런데 그녀보다 먼저 움직인 사람들이 있었다.

"내가 그를 안으로 들였소."

"제가 추천했죠."

샘과 레이첼이 김두찬의 양옆에 떡하니 서서 그렇게 말했다.

생각지도 못했던 이들이 김두찬을 옹호하고 나서자 사람들은 하나같이 놀란 얼굴이 됐다.

노아 역시 놀란 건 마찬가지였다.

설마 초대 명단에도 없던 인간을 인도한 사람들이 세계적인 배우와 영화감독일 줄은 상상도 못했었다.

하지만 비비안은 김두찬의 작품이 샘의 손에서 영화로 탄생된다는 것과 그 영화의 여주인공 역에 레이첼이 낙점되었다는 사실을 알고 있었다.

때문에 두 사람이 나서준 게 놀랄 일은 아니었다.

대신 안도의 한숨을 내쉬었다.

반면 노아는 판이 이상하게 돌아가자 머릿속이 잠시 혼란스러워졌다.

별것도 아니라고 생각했던 동양인의 백이 생각보다 강력했다.

"내가 모시고 온 귀한 손님을 박대하더군. 그것도 차마 입에 담지도 못할 추잡한 욕들을 남발하면서."

"살다 살다 그렇게 더러운 표현은 처음 들어봤네요, 와튼버그 씨."

샘과 레이첼이 각각 한마디씩 노아에게 쏘아붙였다.

노아는 목을 풀 듯 고개를 크게 한 바퀴 돌리고서 피식 웃었다.

"설마 두 분께서 원숭이를 조련하는 취미가 있는 줄은 몰랐네요."

콰르릉!

모두의 머릿속에서 천둥 번개가 내리쳤다.

노아가 아무리 미쳤다고 해도 설마 샘과 레이첼에게 저런 망발을 날릴 줄이야!

꿀꺽!

여러 사람의 목에서 마른침이 넘어갔다.

방금 노아의 한마디는 축제여야 할 파티장을 전쟁터로 만들어 버리는 신호탄이나 다름없었다.

샘 레넌이 턱수염을 거칠게 쓸며 입꼬리를 말아 올렸다.

그가 정말 화났을 때만 나오는 특유의 동작이었다.

샘에 대해 잘 아는 이들은 고개를 절레절레 내저었다.

이제 누구도 샘을 막을 수 없다는 걸 알기 때문이다.

"돈 좀 있는 가문에서 태어났다고 눈에 보이는 게 없나 봐, 노아. 내기 하나 할까? 내가 이 파티장을 엉망으로 만들어놓는 데 얼마나 시간이 걸릴 것 같나?"

"과연 감독님이 그럴 수 있을까요?"

"내기할까? 내 한마디면 여기 있는 사람들 중 과반수 이상이 나갈 텐데. 이 천둥벌거숭이 새끼야."

샘의 입에서도 험한 말이 나왔다.

레이첼은 당장 뛰쳐 올라가 주먹을 휘두르고 싶은 걸 꾹 참는 중이었다.

"하하하, 자신감이 과하시군요."

노아는 가뜩이나 열 받아 있는 샘을 다시 한번 자극했다.

샘이 결국 연회장을 한바탕 뒤엎으려 할 때였다.

짝!

"……!"

"……!"

"……!"

누구도 예상 못 했던 사건이 벌어졌다.

비비안이 난데없이 노아의 뺨을 후려친 것이다.

노아가 얼얼한 뺨을 어루만지며 비비안에게 물었다.

"비비안, 지금… 뭐 하는 거지?"

"당신이야말로 뭐 하는 거죠?"

"내가 뭘?"

"내 소중한 약혼 파티를 왜 이런 식으로 망가뜨리는 거냐고요!"

"망가뜨렸다고? 내가? 아니지. 파티를 망친 건 저 원숭이와, 그 녀석을 데리고 온 두 사람이지."

"아뇨! 망친 건 당신이에요! 설사 그가 초대받지 못한 손님이었다고 한들 꼭 그렇게 말할 필요가 있었나요? 난 당신을 정말이지 이해 못 하겠어요!"

노아와 김두찬 일행의 싸움은 갑작스레 연인 간의 싸움으로 바뀌었다.

사람들은 이 흥미진진한 장면을 스마트폰 카메라에 열심히 담았다.

두 사람의 싸움은 어느 한쪽이 굽히지 않는 한 가열되고 만다.

평소 노아의 행동거지를 보면 절대로 여기서 물러서지 않을 터였다.

그렇다고 뺨을 올려붙인 비비안이 갑자기 소강상태로 접어들 리도 없었다.

"이건 중요한 문제야, 비비안. 난 우리가 누굴 초대했는지 전부 기억하고 있어. 내 머릿속에 없는 초대받지 않은 손님은 이곳에 들어와서는 안 돼. 왜일까? 이건 보통 사람 둘이 만나 시작하는 약혼식이 아니야. 거대한 집안의 두 자제가 만나게 되는 큰 연회라고. 그런데 어중이떠중이들을 전부 받아들였다가 그들 중 서로의 가문에 앙심을 품은 누군가에게 해코지라도 하려 들면? 미친 척하고 총기 난사라도 하면 어떻게 할 거야? 누가 책임을 지지?"

"미쳤어. 과대망상증이에요, 당신."

"아니. 충분히 그럴 수 있어."

노아 본인은 평소에도 몇 번씩 그런 충동에 휩싸인다.

그에겐 그것이 전혀 망상의 범주에 속하지 않았다.

현실적인 문제였다.

"아, 그리고 사람들이 다 보는 앞에서 내 뺨을 때리면 어떡해? 이건 똑같이 돌려줄 테니까 억울해하지 마."

갑자기 경고를 한 노아가 비비안에게 손을 휘둘렀다.

비비안은 너무 황당해서 말도 나오지 않았다.

대체 저 인간이 자신과 결혼할 마음이 있는 건지 알 수가 없었다.

그랬다면 이런 짓을 벌일 수는 없었다.

그냥 넘어갈 수 있는 일을 크게 만들고, 중요한 귀빈들에게 막말을 했다.

그게 도를 지나쳐서 샘이 성을 내기 전에 비비안이 먼저 노아의 뺨을 때려 상황을 넘겼다.

그런데 그 뺨을 되돌려 갚으려 하다니?

그래, 맞자.

차라리 잘됐다.

맞고 여기서 모든 것을 다 끝내자.

그런 생각으로 눈을 질끈 감았다.

그런데.

턱.

"……."

노아의 손은 비비안의 뺨에 닿기도 전에 허공에서 멈췄다.

비비안이 감았던 눈을 떴다.

그녀의 앞엔 조금 전까지 저 밑에 있던 김두찬이 서 있었다.

노아가 손찌검을 하려는 순간 전광석화처럼 단상으로 뛰어든 김두찬이 그의 손목을 낚아챈 것이다.

"정말… 쓰레기 중의 쓰레기야, 넌."

김두찬이 노아에게 서슬 퍼런 음성으로 말했다.

노아가 입매를 뒤트는가 싶더니 반대쪽 손을 김두찬에게 휘둘렀다.

퍽!

김두찬은 노아의 주먹을 피하지 않고 그대로 맞았다.

제법 커다란 주먹이 얼굴에 정통으로 꽂혔지만 충격은 거의 없었다.

김두찬의 육신은 이미 일반인의 주먹으로 어찌할 수 있는 수준이 아니었다.

별 타격이 없어 보여 노아가 한 번 더 주먹을 휘두르려 할 때였다.

빼억!

엄청난 소리와 노아의 함께 눈앞이 번쩍했다.

시야가 일순 암흑으로 물들었고, 정신을 차렸을 때 그는 바닥을 나뒹굴고 있었다.

"으어……."

입에서는 저도 모를 신음이 흘러나왔다.

쩍 벌어진 입 밖으로 피가 한 움큼 쏟아졌다.

코가 욱신거려 무심코 만져보니 콧대가 이상한 쪽으로 휘어 있는 게 느껴졌다.

노아는 김두찬의 주먹 한 방에 안면이 내려앉아 버린 것이다.

멀리 나가떨어진 노아를 보며 김두찬이 픽 웃고는 말했다.

"사람들이 다 보는 앞에서 때리면 어떡해? 이건 똑같이 돌려준 거니까 억울해하지 마."

"너, 너 이 버러지 같은 새끼!"

노아가 벌떡 일어나 품 안에 손을 넣었다가 꺼냈다.

그의 손에는 놀랍게도 권총이 들려 있었다.

노아는 총구를 김두찬에게 겨누고서 방아쇠를 당기려 했다.

바로 그때였다.

"이게 무슨 소란인가!"

연회장의 입구에서 우렁찬 음성이 들려왔다.

사람들의 시선이 일제히 움직인 곳엔 금발에 벽안을 가진 미성의 중년인이 걸어오고 있었다.

그는 비비안의 아비, 올리버 허스트였다.

올리버의 등장으로 당장에라도 터져 버릴 듯 아슬아슬했던 분위기가 일순간 냉각되었다.

성큼성큼 큰 걸음으로 단상 위에 올라온 올리버가 노아에게 다가가 총을 빼앗았다.

그러고는 씹어죽일 듯 그를 노려보며 말했다.

"지금 내 딸의 손님에게 뭐 하는 짓거리야!"

딸의 손님이라는 말을 듣고 난 노아의 머리가 빠르게 움직였다.

올리버 허스트는 딸을 아끼는 사람이다.

하지만 그렇다고 어중이떠중이들을 전부 포용하는 넓은 가슴의 소유자는 아니다.

무엇보다 격이라는 걸 중시하는 인물이었다.

이 자리에 맞지 않는 사람을 딸의 손님이라는 거짓말로 감싸줄 이유는 그에게 없었다.

만약 소란을 일으킨 게 마음에 들지 않았다면 김두찬은 쫓아내고 노아는 노아대로 나무랐을 것이다.

한데 올리버는 지금 김두찬을 옹호하고 있었다.

말인즉, 김두찬이 어떤 사람인지에 대해 알고 있다는 뜻이다.

당연했다.

올리버는 브래드에게 딸의 일거수일투족을 전해 들었다.

그녀가 우울해하고 있다는 것도, 김두찬 작가의 글을 읽고 그 우울증을 이겨내고 있다는 것도 알았다.

김두찬의 글을 접하기 전까지, 그녀의 우울증은 심각한 상태였다.

약을 복용하지 않고서는 극복하기 힘들 정도였다.

하지만 김두찬을 알고 난 이후, 비비안은 약 없이도 우울증을 극복해 나가고 있었다.

자신의 딸을 글이라는 매개체로 치유해 준 김두찬이 올리버의 입장에서는 고마운 게 당연했다.

그리고 오늘 이 자리에 김두찬이 우연찮게 참석했다는 것을 브래드에게 전해 들었다.

마침 연회장으로 향하고 있던 올리버의 마음이 들떴다.

자신의 딸이 김두찬과 만나면 얼마나 좋아할지 상상했다.

한데 이후부터 브래드에게 실시간으로 전해 듣게 된 상황은 그의 예상을 완전히 빗나가고 있었다.

노아가 김두찬에게 시비를 걸어버린 것이다.

두 사람의 감정싸움은 걷잡을 수 없이 커졌고 결국 주먹다짐까지 이어졌다.

그때쯤, 올리버는 연회장에 들어섰다.

그러자마자 그의 눈에 들어온 광경은 얼굴에 피 칠갑을 한 노아가 김두찬에게 권총을 겨누고 있는 모습이었다.

그리고 김두찬은 자신의 딸 비비안을 보호하듯 서 있었다.

이에 올리버는 노아의 총을 빼앗고 그에게 호통을 친 것이다.

이런 자세한 정황까지 노아가 알 리는 없었다.

그러나 김두찬의 존재에 대해 올리버가 알고 있다는 걸 파악한 뒤 그는 킥킥 웃었다.

웃을 상황이 아닌데 저런 행동을 보이는 노아를 사람들은 기이하게 쳐다봤다.

올리버 역시 마찬가지였다.

비비안은 이미 올리버의 뒤에 딱 붙어 서서 벌벌 떨고 있었다.

그녀는 노아의 저런 숨겨진 광기가 무서웠다.

그래서 더더욱 그와 혼인을 하기가 싫었다.

한참 동안 이어지던 웃음은 일순간 딱 멎었다.

노아가 올리버에게 고개를 쭉 빼고 자신의 일그러진 코를 가리켰다.

“보세요, 장인어른. 제 코가 어떻게 됐는지. 저분의 주먹에 맞아 이렇게 된 겁니다.”

“아무리 그래도 총을 들이대?”

“그게 진짜 총이겠습니까?”

올리버가 당장 총구를 천장으로 향하게 해서 방아쇠를 당겼다.

사람들은 일제히 놀라 귀를 틀어막았다.

한데 총구에서 나온 건 총알이 아니었다.

찰칵! 화르륵!

불이었다.

그것도 담배에 불이나 붙이기에 적당한 작은 불.

그것은 권총 모양의 라이터였다.

빠드득!

어처구니없는 상황에 올리버가 이를 갈았다.

그가 라이터를 바닥에 집어 던지며 호통 쳤다.

“대체 뭣 때문에 이런 장난을 치는 건가!”

“이 많은 사람들이 보는 앞에서 얻어터졌는데 그 정도 장난은 괜찮지 않을까요?”

“먼저 때린 건 그쪽 아닌가?”

잠자코 있던 김두찬이 입을 열었다.

올리버가 어느새 자신의 곁으로 다가온 브래드를 바라봤다.

브래드는 고개를 끄덕이고서는 그에게 귓속말을 전했다.

브래드의 얘기를 듣고 난 올리버의 얼굴이 붉으락푸르락해졌다.

그가 당장 노아에게 다가가 그의 멱살을 틀어쥐었다.

“감히 내 딸에게 손찌검을 하려 들어?”

애초에 김두찬과 노아의 주먹다짐이 시작된 원인이 거기에 있었다.

김두찬은 비비안을 때리려던 노아를 말린 것뿐이다.

한데 노아가 김두찬을 때렸고, 김두찬은 반격을 가했다.

정황을 알게 된 올리버의 분노가 하늘 끝까지 솟구친 것은 당연한 상황이었다.

"개판이군."

샘이 혀를 찼다.

막장으로 치닫는 광경을 보고 있자니 화를 낼 기분도 나지 않았다.

그런 샘의 어깨에 레이첼이 손을 턱 얹었다.

"감독님, 조금 전에 김 작가님 움직이는 거 봤어요?"

"응? 주먹이 빠르더군. 샌님인 줄 알았는데."

"아뇨. 그것 말고. 여기 있다가 단상으로 뛰어 올라갈 때요."

"아니? 왜?"

"전광석화라는 말이 딱 어울리던걸요. 진짜 빨랐어요. 사람의 몸놀림이 아닌 것처럼 느껴질 정도로."

"내 눈에도 보이고 당신 눈에도 보이고, 여기 있는 모두의 눈에 보이는데 유령일 리가."

레이첼이 샘의 옆구리를 꼬집었다.

"윽!"

"농담이 아니라 정말 그랬다니까요. 그리고 사람이 아니면 꼭 유령이라는 쪽으로밖에 도출이 안 돼요? 무슨 영화감독이나 되는 분 상상력이 그래요? 외계인이나 고대의 존재 같은 쪽으로 갈 수도 있잖아요."

"그건 그나마 말이 되겠군."

"됐어요, 말아요."

샘은 레이첼이 김두찬에게 푹 빠져 있다 보니 무엇이든 과장해서 느끼는 것이라 생각했다.

하지만 레이첼은 조금의 과장도 보태지 않았다.

조금 전 김두찬의 몸놀림은 정말이지 바람과도 같았다.

어떻게 저런 속도로 움직이는 게 가능한 건지 의문이었다.

억울한 건 레이첼만 이를 봤다는 것이다.

다른 사람들의 관심은 모두 단상 위의 난리통에만 집중되어 있었다.

더군다나 노아가 비비안을 때리려던 상황이니만큼 다른 쪽에 시선을 둘 이유가 없었다.

'내가 진짜 너무 빠져 있는 건가?'

바보들의 나라에서는 보통 사람이 바보가 된다.

지금 레이첼이 딱 그런 입장이었다.

왠지 모르게 억울한 심경을 느끼고 있는 그녀의 귀에 또 다른 국면을 예고하는 사람의 음성이 들려왔다.

"이게 어찌 돌아가는 상황인지 내게 설명해 줄 수 있겠습니까, 사돈."

연회장 입구에서 들려온 목소리의 주인공은 노아의 아비 해럴드 와튼버그였다.

그의 옆에는 아내인 엠마 와튼버그도 함께였다.

엠마는 미소를 가득 머금은 얼굴로 장내를 둘러보다가 갑자기 굳은 얼굴이 되었다.

그러더니 선글라스를 꺼내 끼고서는 두말도 없이 등을 돌려 연회장을 나갔다.

해럴드의 곁에 서 있던 경호원 네 명 중 하나가 그런 그녀를 따라 걸음을 옮겼다.

해럴드는 자신의 부인을 흘겨봤다.

'이런 난장판에 있기 싫다 이거지?'

하여튼 가정을 꾸려 나갈 마음이 눈곱만큼도 없는 여자였다.

오로지 자신을 꾸미고 가꾸고 남자를 후려치는 데만 일생을 소모하는 여자였다.

가뜩이나 짜증이 난 와중 아내의 몰상식한 행동으로 더욱 화가 난 해럴드가 성큼성큼 홀을 걸어와 단상 위로 올라섰다.

그를 따라 경호원들도 움직였다.

그에 허스트가의 경호원들 역시 비비안과 올리버 부녀의 뒤에 바짝 붙어 섰다.

두 가문의 사람들이 노기충천한 눈빛으로 서로를 노려봤다.

김두찬은 그들 사이, 정확히는 허스트 가문 쪽에 더 가까이 붙어 서 있었다.

"어찌 돌아가는 상황이냐 물으셨습니까? 댁의 자식께서 소중한 내 딸의 손님에게 무례를 저지르는 바람에 이 지경이 되었지요. 자식 교육 참 잘 시키셨습니다."

"내가 아무것도 모르고 물어본 줄 아십니까? 애초에 초대 명단에 이름이 기입되어 있지도 않은 자를 안으로 들였다면서요!"

해럴드 역시 파티가 어찌 돌아가는지는 회장에 있던 측근으로부터 듣고 난 이후였다.

"초대 명단에 이름이 기입되어 있지 않은 김두찬 작가님을 안으로 들인 건 우리가 아니라 와튼버그가 측에서 고용한 경호원 측이었습니다만? 그렇게 따지면 잘못은 더더욱 그쪽에 있는 것 아닙니까?"

"그걸 알았다면 내보냈어야죠. 오히려 불청객을 옹호하고 노아를 꾸짖었다면서요!"

"안으로 들이고 나서 보니 불청객이 아닌 걸 어찌합니까?"

"대체 저 사람이 얼마나 대단한 사람이기에 상황을 이 지경까지 만듭니까!"

해럴드가 고함을 질렀다.

그에 반해 올리버는 차분한 음성으로 조곤조곤 설명을 했다.

"작가 김두찬입니다. 그는 세계적으로 명성을 떨치고 있습니다. 아직 그의 영향력이 수면 위로 드러나지 않았을 뿐, 곧 잔잔한 바람은 돌풍이 될 겁니다. 그 증거로 김 작가의 소설 중 하나는 저기 계시는 샘 레넌 감독님과 영화화 계약을 맺어 내년 개봉을 목표로 제작 중이고, 다즈니 월드에 오리지널 애니메이션 시나리오를 보내 레이 스미스 대표에게 단숨에 오케이 사인을 받았습니다. 더 설명이 필요합니까?"

샘에 이어 레이의 이름까지 나와 버리니 해럴드의 말문이 막혔다.

그가 사나운 시선을 노아에게 던졌다.

그러자 노아가 어깨를 움찔하며 떨었다.

누구에게도 그런 반응을 보이지 않던 노아가 해럴드 앞에서만큼은 개장수 앞에 놓인 개처럼 어쩔 줄을 몰라 했다.

아무튼 김두찬이 그 정도의 영향력을 가졌는지 몰랐던 해럴드는 난감한 상황에 처했다.

공격권은 완전히 올리버에게 넘어가 버렸다.

해럴드가 머리를 굴렸다.

조금이라도 상황을 역전시킬 수 있는 방법이 있으면 끝까지 물고 늘어지는 게 맞다.

하지만 그게 아니라면 깔끔하게 잘못을 인정하고 사과하는 게 좋았다.

결국 해럴드는 후자를 택하기로 했다.

"이거 아무래도 오해가……."

해럴드가 꼬리를 내리려 할 때였다.

"비켜! 비키지 않으면 공무집행방해죄로 체포한다!"

"나와! 저기 있다!"

갑자기 연회장 입구가 시끌벅적했다.

형사 두 명이 인파를 헤치며 노아에게 달려들었다.

그중 한 명이 노아의 팔에 대뜸 수갑을 채웠다.

"지금 뭐 하는 겁니까?"

그러자 다른 형사가 노아에게 형사 신분증을 보여주며 그의 죄질에 대해 말했다.

"노아 와튼버그. 당신을 마약 대량 납품 및 지속적 거래, 유포 혐의와 아동성추행, 성폭행 혐의, 살인, 폭행 사주 혐의로 체포합니다. 당신은 묵비권을 행사할 수 있고 변호사를 선임할 권리가 있으며, 자신에게 불리한 증언을 거부할 수 있습니다."

형사의 입에서 줄줄 흘러나온 죄질로 인해 장내는 경악으로 물들었다.

해럴드는 정수리에 번개가 내리꽂히는 충격을 받았다.

"그게 무슨 말입니까? 내 아들이 마약을 거래하고 아동을 성폭행했다니? 폭행 사주는 또 뭐냔 말이야!"

"이미 확실한 증거들을 수집했고 증인까지 확보했습니다. 체포 영장 보여 드릴까요?"

미란다원칙을 읊었던 형사가 체포 영장을 내밀었다.

헤럴드는 어이가 없었다.

"이건 모함이요! 게다가 노아는 수사기관의 출석 요구를 받은 적도 없는데 체포 영장이 나온다는 게 말이나 됩니까!"

"이미 확실한 증거와 증인이 있는 데다가 출석 요구를 하는 순간 이미 노아는 놓친 거라 봐도 무방하지 않겠습니까? 와튼버그 가문에서 사람 하나 숨겨서 증발시켜 버리는 건 일도 아닌데."

"아무리 그렇다고 해도!"

"그만 입 다무세요. 죄가 없다면 풀려날 것이고 그때는 노아를 체포한 우리가 모든 잘못의 대가를 받을 테니. 하지만 죄가 있다면 당신의 아들은 평생 감옥 밖으로 나오지 못할 겁니다."

형사들은 이미 다니엘 브라운으로부터 여러 자료를 받은 터였다.

노아의 비공개 SNS에 있던 동영상과 메일함에 저장된 마약

거래 장부 및 폭행 사주를 하던 음성 녹음 파일 등등을 넘겼다.

다니엘은 노아가 대체 왜 스스로 발목 잡힐 만한 짓거리를 했는지 이해할 수 없었다.

범인의 범주에서는 이해 못 하는 게 당연했다.

노아는 당시의 기록을 청각과 시각으로 접하며 극한의 쾌락을 느끼곤 했다.

그것은 단지 노아의 취미 생활에 불과했던 것이다.

형사들은 해럴드에게 이 자료들을 넘겨받자마자 관련 인물들을 만나 조사했다.

그들은 민첩하고 영리하게 행동했다.

노아가 범죄를 저지른 건 확실하니 그를 잡으려면 최대한 빠르게 움직여야 했다.

형사들이 그를 압박하기 위해 움직이고 있다는 소식은 하루가 지나면 와튼버그가에 들어갈 것이다.

그렇게 되면 이미 늦는다.

해서 그 전에 증거와 증인 확보를 마치고서 바로 체포 영장을 발부받아 연회장으로 들이닥친 것이다.

"노아! 말해봐! 진정 네가 그런 짓을 저지른 것이야?"

"아뇨, 아버지. 형사님들이 무슨 말을 하는 건지 잘 모르겠네요."

노아가 태연자약하게 발뺌을 했다.

그러자 내빈들 사이에서 냉소적인 음성이 터져 나왔다.

"끝까지 그럴 줄 알았지."

목소리의 주인공은 다니엘 브라운이었다.

김두찬에게 노아에 관한 정보를 넘겨받은 사람으로서 노아와는 원수지간에 놓인 이였다.

노아가 다니엘의 얼굴을 확인하고선 의외라는 시선을 던졌다.

"초대해도 안 올 줄 알았는데."

"오지 않으려 했지. 그런데 오고 싶어졌어. 네가 파멸하는, 아니, 와튼버그 가문이 나락으로 떨어지는 꼴을 봐야 했으니까."

다니엘의 말이 끝나자마자 단상 위 대형 스크린에서 예정에 없던 영상이 출력되기 시작했다.

스크린을 가득 채운 건 놀랍게도 아동을 성폭행하는 노아의 모습이었다.

아동의 얼굴과 몸은 모자이크되어 있었지만 노아의 얼굴은 그대로 흘러나왔다.

이를 본 비비안은 까무러칠 뻔한 걸 겨우 버텼다.

다른 내빈들 역시 충격에 빠졌다.

그다음으로는 누군가에게 살인 청부와 폭행 청부를 하는

노아의 음성이 들려왔다.

원래는 두 사람의 평화로운 일상을 담은 영상이 흘러나와야 했던 스크린이었다.

그랬던 것이 노아의 더러운 이면들을 폭로하고 있었다.

이를 지켜보고 있던 파티 관계자는 당황해서 어쩔 줄 몰라 했다.

그가 컴퓨터를 제어하는 것도 아닌데 멋대로 영상을 출력한 것이다.

이는 전부 다니엘이 고용한 해커의 도움이 있었기에 가능했던 일이다.

파티 관계자가 얼른 컴퓨터의 전원을 내렸지만 그땐 이미 늦었다.

해럴드는 눈을 지그시 감고서 침음성을 흘렸다.

내빈들이 이 놀라운 광경을 전부 스마트폰에 담았다.

그중 반 이상은 빠르게 이 사실을 자신의 SNS에 업로드했는데 대부분이 100대 부자 가문 사람들이었다.

지금은 친분을 과시하며 연회장에 참석했어도 결국 본질은 적이다.

적이 한 명이라도 없어져야 자신의 가문이 발 디딜 곳이 많아진다.

"이런… 씨발. 다 들켰네? 크흐흐."

모든 사람들이 충격의 도가니에 빠져 헤어 나오지 못하고 있을 때, 노아는 장난을 치다 들킨 아이처럼 아쉽다는 얼굴을 하며 웃었다.

그런 그의 반응은 형사들마저 소름 끼치게 만들었다.

형사들은 다시 인파를 헤치며 노아를 연행해 갔다.

해럴드는 말없이 회장을 벗어났고 내빈들도 모두 자신들이 있어야 할 곳으로 돌아갔다.

김두찬 일행도 떠나고 난 회장은 와튼버그 일가와 파티 관계자들만 덩그러니 남아 있었다.

"비비안, 괜찮니?"

올리버가 자신의 딸을 품에 꼭 끌어안으며 물었다.

비비안은 대답 없이 고개만 끄덕였다.

"미안하다. 내가 미안해. 그 녀석이… 그런 녀석인 줄 알았더라면……."

올리버는 자신의 딸에게 면목이 없었다.

비비안은 연신 미안하다고 말하는 올리버의 품에 안겨 눈을 감았다.

어둠이 세상을 뒤덮자 마지막으로 보았던 김두찬의 얼굴이 떠올랐다.

그는 상황이 정리되고 단상에서 내려가기 전 비비안의 귀에 대고 이렇게 속삭였다.

"내 글에 늘 영어로 댓글을 달아주던 비비안H가 당신이었군요. 감사합니다."

김두찬은 올리버가 했던 '내 딸의 소중한 손님'이라는 말에서 이를 눈치챘다.

비비안은 조만간 김두찬을 다시 한번 만나고 싶었다.

이렇게 소란스럽지 않은 자리에서, 이렇게 엉망이 아닌 모습으로.

『호감 받고 성공 더!』 12권에 계속…